「――っっ、着物っ。片づけないと」
「気にするな。いっそ二度と着られないようにしてやればいいだろう」

極・嬢

CROSS NOVELS

日向唯稀
NOVEL: Yuki Hyuga

藤井咲耶
ILLUST: Sakuya Fujii

CROSS NOVELS

極・嬢
GOKUJYOU
登場人物
鬼塚賢吾《おにづか けんご》
磐田会磐田組三代目総長。刺青師だった父の死後、面倒を見てくれた磐田や菫へ恩を返し、尚かつ、入慧の母の遺言を受け、彼の成長を見守っていた。だが、純粋で真っ直ぐな入慧の気持ちに答え、生涯の伴侶にすることに。
【関連作】『極・嫁』『極・妻』
関 入慧《せき いりえ》
前磐田総長の隠し子。幼い頃に母を亡くし、高校までは極道とは無縁の生活を送っていた。だが、後見人代理・鬼塚の正体を知らずに愛してしまう。現在は磐田会の姐として、将来鬼塚の役に立つべく医師を目指して勉強中。

佐原芳水《さはら よしみ》

元事務官で、朱鷺組の姐。現役時代は朱鷺を情報屋として使っていたが半ば強引に嫁に貰われてきた。

【関連作】『極・嫁』『極・妻』

朱鷺正宗《とき まさむね》

朱鷺組組長。出世には興味がなく、無駄な争いを好まない男。だが、秘めている力は熱く強大である。

【関連作】『極・嫁』『極・妻』

沼田夏彦《ぬまた なつひこ》

沼田組組長の息子で現在は代行。磐田会幹部の中ではもっとも若いが、観察力に優れている。

【関連作】『極・妻』

八島宗二《やじま そうじ》

八島組組長。鬼塚の右腕的存在。がたいもよく、強面で近寄りがたく見えるが、誰より情に深い男。

【関連作】『極・妻』

久岡啓治《ひさおか けいじ》

久岡組組長。鬼塚の幼馴染みで、左腕的存在。元刑事で極道というツワモノ。暴れると手に負えない。

CONTENTS

CROSS NOVELS

CONTENTS

極嬢
GOKUJYOU
CROSS NOVELS

1

二〇〇五年九月。

カレンダーの上では初秋だが、まだまだ蒸し暑さが残る日のことだった。

「おやっさんっ」

「…おやっさん…うっっっ」

都心にある斎場の中でも収容人数の多さを誇る日比谷《ひびや》斎場では、一千人近い弔問客が訪れる中、厳かに葬儀が行われていた。

故人は関東でもその名を知られた極道・磐田《いわた》会系磐田組二代目総長・磐田治郎《じろう》。

喪主は妻の菫《すみれ》。

葬儀は磐田の実弟である三朗《さぶろう》と、現在磐田会の総代を務める若き極道・鬼塚賢吾《おにづかけんご》を中心とした幹部たちによって行われ、磐田は最期の花道に、杯を交わした兄弟《とも》たちに見送られ、天高く、その背に入った龍がごとく昇っていった。


葬儀が一段落した夜のことだった。

磐田会直属傘下の組長や幹部たちは、今宵、菫や鬼塚と共に、組織の今後について話し合うべく本宅へ集結していた。

都心にあって広大な敷地を持つ磐田組の母屋は、四季折々の彩《いろど》りを見せる見事な日本《にほん》庭園の中にあった。

二階建ての一階部分には百畳はあろう畳敷きの大広間が存在し、集められた二百名近くの男たちは基盤の目のように敷かれた座布団に着座し、上座で構える菫や鬼塚の話が始まるのを粛々《しゆくしゆく》と待ち構えていた。

「今日はたいそうな見送りをしてもろて、ありがとうな。うちの人もさぞ鼻を高《た》こうして、先に逝った漢《おとこ》連中と会えたことやろう。まあ、揃いも揃うて地獄巡りしとるかもしれへんけど…。いい葬儀やったわ。ご苦労さん」

菫が男たちに向けて第一声として発したのは、労《ねぎら》いの言葉だった。

凛とした声。常に男たちを支え、ときには牛耳《ぎゆうじ》ってきた力強いお国なまりのあるしゃべり。

関西極道の中でも名のある音羽《おとわ》組総長の長女として生まれながら、惚れた漢のために家族も組も捨ててこの磐田に嫁いできた菫は、気丈で優しく気風《きつぷ》のいい極道女だ。

今年で五十になるが、その美貌は健在で、喪服に身を包んだ貞淑な姿からさえ色香と艶やかさを醸《かも》し出している。それこそ今でも彼女が〝磐田の女〟とは知りながら、惚れてしまう男が跡を絶たないような、仕える男たちにとっても魅力的な姐《あね》。それ以上に、常に敵わないと思わされる極上の女だ。

「ついては、今後のことやけど。まずは磐田会を担《にな》っていくあんたらに、改めて紹介したい子がおるんや。まぁ、今更言うたら今更やけど」

しかし、そんなとびっきりの女である菫がいながら磐田は過去、外に女を作っていたことがあった。それも極道とは縁もゆかりもなかったはずの一般社会に生きていた女で、名を藤枝《ふじえ》。二人の間には子供までもうけられていた。

「お入り」

菫は今日という日のけじめとして、そのことを公《おおやけ》にしておこうというのだろうが、それを聞かされる男たちは少々戸惑い気味だ。

同じ性を持つ男として、磐田の浮気心は理解できる。

だが、浮気をされた菫にそんな心情を見抜かれるわけにはいかない。これはある種の〝踏み絵〟かと思わされ、忠誠心でも試されているのかと勘ぐりそうな者たちが、場内には多くいた。

「はい。失礼します」

そんな中、菫に呼ばれて部屋へ入ってきたのは、漆黒《しっこく》の着物に身を包んだ美しい青年だった。決して女性と見違えるような美しさではないが、スラリとした肢体に覇気《はき》のある眼差し。戦国の武将に仕える小姓のような英知と気品を感じさせる、なんとも圧巻な青年だ。

この場に席を許されている男たちの中には、すでに面識のある者もいて、だからこそ余計にどうしていいのかわからない。菫は自分たちにどんな反応をしろというのか、疑心暗鬼にかられて固唾《かたず》を呑むばかりだ。

「この子が藤枝の息子で関入慧《せきいりえ》や。今年大学に上がったばかりで、医学部の一年生。死んだ磐田に似ず、ええ頭しとるけど、正真正銘の忘れ形見や。うちは昔の悪さが祟《たた》ってか、あの人の子は授かれへんかったけど、藤枝のおかげで磐田の血が残ったってことやな」

菫は入慧のために空けておいた上座の一席、それも鬼塚の隣に座らせると、女としての複雑な心情も明かした。

「しかも、あんたらもうちも、これだけは感謝せなあかん。昔、磐田が襲われたときに、命がけで守ってくれたんが、藤枝や。素人《しろうと》の分際で、それも、あんなドアホに惚れたばかりに死に急ぐことになってしもたけど。藤枝は、最初から最後まで陰に徹した女やった。たったの一度として、うちに恥をかかすような真似もせんかった、今思えば女が惚れる女やった。そういう女が残した子やから、うちも入慧を受け入れた。せやからみんなも、そのつもりでいたって」

だが、男たちの危惧《きぐ》をよそに、菫は入慧の母親のことも自ら話した。

女が惚れる女――それが、男が惚れる男とどのような違いがあるのかは、生憎《あいにく》この場にいる者たちにはわからない。

だが、少なくとも藤枝は菫にここまで言わせた女だった。決してただの愛人ではなかったとわかり、改めて背筋を伸ばして話を聞く者が増えた。

自然と入慧を見る目も変わった。

「――で、肝心な話はここからや。今んところ、総代を務めとる鬼塚が、入慧が磐田の跡目を望むなら、自分は一生支える側に回る。あんたらと一緒に、入慧を担いで総長に後押しする言うんやけど、とうの入慧は嫌や言うてな。むしろ、鬼塚やあんたらの支えになりたい。磐田の跡目やなく、この菫の跡目に。磐田の子としてより、鬼塚に惚れてしもた一人の人間として生きたい言うてんのやけど————、どうやろうか。うちは、入慧が望むなら、それでええと思う。今更あんたら漢たちの上に立つ気もないし、このまま鬼塚に跡目を継いでもろうて、早々に襲名披露でけたら、一番収まりもええ気がするんやけど」

しかも、場内にほどよい緊張が漂うと同時に、菫は一気に跡目の件まで話を進めた。

初めて話を聞かされた者は途中で首を傾げたが、それでも傘下の組長たちはすでにこの話を了承しているのか、微動だにしない。となれば、組長以下の幹部たちも、上に倣《なら》って同意を示すしかない。

「他に、跡目に相応《ふさわ》しいもんはおるか？　この際、自薦でも他薦でもええで。あとでガタガタするのは面倒や。鬼塚も、あんたら全員の賛同なしには、総長にはなれへん。獄中におる幹部らの認めもなければ、務め上げる自信もないって言うとるんやけど」

改めて確認を取られても、快く笑みを浮かべるだけだ。

「そんな、今更。鬼塚総代の他に、誰が跡目を継げるって言うんですか。そもそも鬼塚総代を次期総長にって絵を描いていったのは、今獄中にいる俵藤《ひょうどう》前総代ですよ」

最初に賛同の声を上げたのは、磐田組の分家を三朗から受け継ぎ、八島《やじま》組と改めた組長・八島宗二《そうじ》。すでに総代鬼塚の右腕と呼ばれる男で、がたいもよく幾分強面《こわもて》で近寄りがたく見えるが、誰より情の深い男だ。

「そうそう。うちの親父だって、そのつもりがあるから、大人しくムショに入ってんだ。ここで自薦だ他薦だなんて言い出したら、今日にでも脱獄しかねない」
そして八島に倣って声を上げたのは、鬼塚の左腕であり幼馴染《おさななじ》でもある久岡慶治《ひさおかけいじ》。
先代組長が投獄されて現在久岡組を継いでいるが、以前は警視庁勤めの刑事だったという曰《いわ》く
つきの男だ。生まれたときにわけあって、久岡という同姓の警察官に育てられたおかげか正義感
が強く、我が道を行くまま上層部の暗躍を内部告発したら命を狙われ、結果的には鬼塚に取り
込まれた。育ての父を亡くしたこともあって、こうして生みの親の跡を継ぐ羽目になりはしたが、
今では他の組長たちさえ失笑する極道だ。暴れん坊で手がつけられず、監視の意味も込めて鬼塚
の側近に仕立てたという、ここに来てまで曰くつきの男だ。
「場所を選ばず、地獄耳だからな。久岡の先代は」
しかも、そんな久岡に堂々と笑って相づちを打ったのは、まだまだ若い組長・朱鷺正宗《ときまさむね》。
居並ぶ男たちの中でも一際《ひときわ》艶やかな存在感を放つ彼は、磐田会一の伊達男《だておとこ》だ。
「ほな、全員一致でええか。沼田《ぬまた》、あんたもこれでええんか」
「は⁉　んな、名指しで聞かないでくださいよ、姐さん。異存があったら真っ先に。俺が遠慮す
る玉《タマ》じゃねぇのは、よくご存じでしょう」
「――――そうやった。あんたの遠慮のなさと女好きは、うちの人とタメ張るんやった。堪忍な。
ほな、決めるで。磐田の三代目は鬼塚賢吾」
あたりを見回しても、反対する男たちはいない。菫は笑顔で磐田会三代目総長の誕生を決定し
た。

しかし、

「すんなり決まったからには、今後は鬼塚に従いや。あとから四の五の言い出したときには、どうなるかわかっとるやろうな」

一際声を唸《うな》らせると、菫は念には念を押すように確認を取った。

自ら着物の胸元を開き、その白い左胸に刻まれた〝菫の花と磐田の文字〟を見せつけると、

「あんたらも磐田で生きる漢なら、死んだ先代に恥かかすんやないで。今後は大人しゅう、喪に服そうっていう女の気を荒立てるような真似もせんといてや」

一瞬にして笑い合う男たちを黙らせ、硬直させた。

血塗られたように赤く美しい菫の花と共に刻まれた磐田の文字には、菫の極道の妻としての覚悟が込められている。

「間違いなく、早死にするで」

これは脅《おど》しでもなんでもない。

菫にはたとえ引退を表明しようが、鶴の一声で動すことのできる極道が山ほどいる。

特に〝極道の妻〟と呼ばれる女たちにも慕われ、その縦社会に毅然と君臨する大姐といった存在だけに、菫を怒らせれば配下にいる女たちがいっせいに動く。どんな男でも、どこで寝首をかかれるかわからないような罠を張り巡らされて、命を落とすことになる。

しかも、それより何より一番怖いのは菫本人だ。伊達に生まれながらの極道はやっていない。これだけ確認を取ったにも拘《かか》わらず裏切るようなことをすれば、自ら命を取りに来るだろう。そ

れほど美しくも恐ろしい女なのだ、磐田菫という女は。

「ほな、この場でうちも引退や。あとは鬼塚をはじめとするあんたらと、入慧に任せるで」

そしてこの瞬間から、入慧は男ながら総長・鬼塚の女というポジションに収まることになり、同時に姐・菫の跡を継ぐことになった。

「ま、そうは言うても、まだまだ磐田の姐言うより、お嬢さんやけどな。うちも陰から支えていくよって、どうかあんたらも協力したって。この子をええ姐に、育てたってな」

まだまだ学生の身であり、誰もが「姐」と言われてもピンとくるようなオーラはない。

怒気もなければ殺気など永遠に身につかないのではと思わされるが、それでも入慧は磐田の子。

菫が認めた藤枝の子。

「関入慧です。今後ともお見知りおきのほど、どうか宜しくお願いいたします」

大の男たちを前にしても、一瞬たりともひるむ姿は見せなかった。

終始凜とした趣《おもむき》で、これから命を共にするだろう男たちを見渡し続けた。

2

二〇一〇年十一月——。

磐田会三代目総長就任以来、特に大きな問題もなく務めてきた鬼塚賢吾に予期せぬ激震が走ったのは、襲名披露から丸五年が過ぎた秋のことだった。

「沼田とその息子たちが襲われたまでは幹部・新田《にった》との確執だ。沼田組内での問題だ。しかし、そこにかかわったがために八島や朱鷺、覇凰《はおう》会総長・大鳳《おおとり》までが一緒に消されそうになったのは、問題も違えば相手も違う。新田に手を貸すと見せながら、磐田をはじめとする関東連合に戦争を仕掛けてきたチャイニーズマフィアの組織だ」

傘下の組長たちが立て続けに狙われ、危うく命を落としかけた。それも襲撃相手がすぐさま断定できないという、あってはならない事態だ。

「しかし、今のところそれしかわかっていない。チャイニーズマフィアと言っても、無数の組織とドンがいる。とにかく黒幕がどこの誰なのか、そして目的がなんなのか。それを明確にしないことには始まらない」

鬼塚は、この事件の解明と事態の収拾のために、すぐさま傘下の者たちに警戒を呼びかけ、その傍《かたわ》ら襲撃犯の割り出しに当たらせた。

「慶治。現場で捕らえた奴らはどうなった。まだ口を割れないか」

中でも電話中の久岡慶治には、八島たちの殺害に失敗し、逃げる間もなく反撃を受けて倒れた襲撃犯の監視をさせていた。

〝揃いも揃って、キレた雫《しずく》に半殺しにされてるからな。命はあっても重体だ。せめてあの場を仕切っていたリーダー格の男だけでもどうにか回復してくれればいいんだが…。もう少しかかるかもしれない〟

「そうか。なら、充分注意をしながら、様子を見ていってくれ」

〝任せておけ。それにしても、お前が建てた医療設備完備の別荘、大活躍だな。身内の怪我人をかくまうつもりが、まさか捕虜の収容所になるとは思わなかっただろうが、なんにしても用意周到だ。ポケットマネーでこれだけのものが用意しておけるお前の財テクぶりに感動するよ〟

「長い間、ムショに入るわけにはいかなかったからな。その分金を稼いで体面を整えるしかなかっただけだ。苦し紛れにつけた知恵が役に立ってるってことだな」

傘下の組長とはいえ、久岡は同い年の幼馴染み。

一度は大きく道を違えて離れたこともあったが、それでも互いへの友情と信頼が壊れたことはない。手段は違えど目指したものが同じだったのかもしれないが、今となっては心強い味方だ。元の職柄もあって、警察関係の情報にも明るい懐刀の一本だ。

〝はっ。ヤクザが進んでムショに入れないなんて、どんな拷問なんだかな。今はともかく、若い頃じゃあ、漢の上げようがねぇ。お嬢は、わかってるのかねぇ。死んだ母親代わりの後見人に徹するためとはいえ、ここぞってときに手が汚せない。煮え湯を飲んでも、金でけりをつけるしかなかった、卑怯者、臆病者と罵られるしかないだろう漢の悲哀をさ——"

二人で話をすると、ついこんな砕けた内容にも発展するのだが、久岡の声は決して軽快なだけではなかった。

少なくとも鬼塚が頭角を現すまで、総代の座に上りつめる前までは、事情を知らない者たちに「くその役にも立たない」と罵られた。上納金を重ねて、若頭と呼ばれる地位まで上りつめて尚、傘下の年配組長たちからは「極道には不向きだ」といたぶられ続けたものだ。

それでも鬼塚が磐田に根を下ろしていたのは、早くに死んだ刺青師の父親代わりを務めたのが、先代の磐田だったから。子供のいない菫に我が子のように愛されて、尚かつ入慧の母親が死んだときにも、唯一立ち会っていたのが若き日の鬼塚だったからだ。

当時はまだ磐田に隠し子がいることを公にできなかったこと、藤枝が磐田会とはかかわることなく入慧を育てることを切望していたことから、鬼塚は菫に「茨《いばら》の道を行ってくれ」と懇願された。

磐田の跡を継ぐような極道にと期待されていた鬼塚にとって、入慧が成人するまでは手を汚すな、決して警察の世話になるような真似はするなというのは、ただ酷なことだ。邪道の中の邪道だ。

特に、仁義や男気のために自ら投獄される者が跡を絶たない磐田会の中で、それが許されなかった鬼塚の立場がどれほど屈辱的だったかと、想像するだけでも久岡の胸は痛んだ。

こんなものは刑事に犯人を捕まえるな、悪事を見て見ないふりをして、すべて金で片づけろと言っているようなものだ。

しかし、それでも鬼塚はできる限りの働きをすることで、自身の足元を固めていった。

もともとの優れた人格、英知、何よりここぞと言うときに出し惜しみをしない財をもって、何も知らないまま母親の死後、磐田と菫に養護されるまま全寮制の学校へ入れられて、成人するのを待つしかなくなった入慧のために身を懸けた。

漢としては十年の月日を堪えることになったが、天涯孤独となった上に寮という世界に投獄された入慧には、鬼塚というパイプ役しかいなかった。

唯一、面会に訪れることができるのが自分しかいなかったことから、鬼塚はどれほど血肉が熱くなり、激憤に身を焦《こ》がすような事態が起こっても、臆病者の仮面を被り続けて、誰に恥じることのない金を納め続けた。

〝この施設だってあれだろう。結局は、医師免許取ったあとのお嬢の就職先みたいなもんだろう。ただし、患者はヤクザ限定だろうがさ〟

そんな鬼塚にいつしか入慧が心を奪われたのは、必然的なことだった。

そして鬼塚が入慧に特別な思いを寄せたのも自然なことで、二人は入慧が高校三年になった年に、幾重もの困難を乗り越えて結ばれた。

すべてを知った入慧は鬼塚と共に極の道を歩む覚悟をし、またそんな入慧を守るために鬼塚は、漢としての力を高めることに全力を尽くした。

その結果が、この状況だ。

「あいつはあいつで、自分の確固たる居場所を求めてるんだよ。俺の女としてではなく、一人の男として。磐田会の一員として。ただ、適正は心得てるんだろうな。ドスを持つならメスを持つ。敵を殺《や》るなら、仲間を救う。そのほうが迷いもなくて、全力でいけるって」

入慧は自ら医学の道を選択し、また大学も高校までと同様に寮を選択した。

それは当時若頭だった鬼塚が、これから一人の極道として上りつめようというときに、素人でしかない自分が足を引っ張ることだけはしたくない。恋人を気にかける分、自身に気をかけて身を守ってほしいという願いから決めたことで、その間会えるのは月に二度程度だったが、学業に専念しながら耐えていた。

今年になって無事に大学を卒業し、晴れて本家で一緒に暮らせるようになるまでの六年間を、入慧は鬼塚への愛と自身が掲げた目標を支えに耐え抜いたのだ。

〝母親の血が濃いのかね。そこんところは〟

「いや、入慧の中にはしっかりとおやっさんの血が流れてるよ。沼田んところの雫と同じで、あの血は目覚めないほうが万人のためだ」

出会いから気づけば十六年――二人はそれぞれに置かれた環境の中で、また忍耐の中で互いへの愛を育み続けてきた。

そのせいか、いざ共に暮らせるようになったらどれほど激しい愛をぶつけ合うのか、周りが見えなくなるのではないかと期待とも危惧とも取れる思いを寄せる者もいたが、当事者である二人は淡々としたものだった。

久岡からすれば、あまりに淡々と過ごした時間が長すぎたんじゃないか、ようやく新婚状態になれたにも拘わらず、気持ちが熟年カップルの域に達しているんではないかとからかったが、それこそ鬼塚からすればほっといてくれだった。

馬に蹴られて死んじまえまでは言わないが、興味を持つなとは言いたかった。

「――それに母親だって大した女だった。慎ましくて、愛情深くて、藤の花のように香《かぐわ》しい女だったのは確かだが、浮気が知れて激怒した菫姐さんにチャカを突きつけられても、微動だにしなかった一面もあった。それどころか自分が犯した罪は百も承知、本妻に殺られるなら本望だって、気のすむようにしてくれて構わないって言って、気迫だけで姐さんからチャカを引かせた唯一の女だからな」

〝そりゃ、見かけよらず怖い遺伝子だな。絶対に浮気はできないぞ〟

「するつもりなんかない」

一日一度は顔を見ることができる、直《じか》に声を聞いて触れることもできる。

これがどれほどの至福なのか、それは鬼塚と入慧にしかわからない。

近くにいながらも、あえて距離を置き続けた。そうすることで、互いを守り続けようとした二人にしかわからないことなのだ。

〝ごちそうさま。じゃ、また連絡――――っ!!〟

しかし、ようやく手にした至福さえ、二人は次々に起こる事件のために堪能《たんのう》できなくなっていた。

「慶治、慶治――――どうした慶治!!」

このとき鬼塚の耳に響いたのは、不意に途切れた久岡の声。そして唐突すぎる爆発音だった。

＊＊＊

事態が刻々と悪化していく最中、組長クラスの幹部たちに本家への招集がかかったのは翌日のことだった。

幸い久岡に怪我はなく、すぐに鬼塚に状況説明の連絡が入ったことで、即日どうこうという大騒ぎにはならなかった。久岡がそのまま爆発に絡んで、少しでも何かわからないかと動いた分、この招集も今日になったのだが、結果報告は全員が揃ってからだ。

予定時刻は、午後七時とされている。

そのため、本宅に身を置く多くの男たちは、幹部たちを出迎える準備に余念がなかった。

たとえ呼びつけたのが総長で、呼びつけられたのが仕える側の幹部たちであったとしても、そこは各組を率いる長《おさ》たちだ。中には本家と変わらないだけの舎弟数を抱える八島のような組長もいることから、礼儀を重んじる磐田の組員たちは最高の状態で迎え入れようとする。

こんなときだけに、話をしたら即解散。酒や食事の用意など必要ないかもしれないが、念には念を入れておくのが主《あるじ》の体面を守る秘訣だ。

このあたりは菫から直々に仕込まれた、男たちの常識だ。

「ただいま、やっさん。お客たちはもう来た？」

そして、準備に追われる舎弟たちを手伝うために、入慧も今日はきっちりと定時で帰ってきた。

現在入慧は一年目の研修医。大学卒業後、そのまま付属病院である聖南《せいなん》医大に勤めているため、送迎は〝鬼若《おにわか》〟と呼ばれる鬼塚直下の精鋭部隊の者たちが交互で務めていた。

「お帰りなさいませ、入慧さん。そんなに慌《あわ》てなくとも、まだどなたもおいでになっておりませんよ。総長もまだ新宿《しんじゆく》の事務所ですし」

「そう。よかった」

ただ、院内で入慧の素性を知るのは、磐田と友好がある院長の伊南村《いなむら》とその家族のみ。

他に知る者がいないことから、送迎に使われる車は一般車を装甲改造したもの。運転や付き添いに当たる者も至って一般人を装える男たちで固められ、その基準は黒スーツを着用して尚葬儀帰りのサラリーマンに見えそうな者、もしくはそう見せられる者に限定されている。

このあたりは、鬼塚の慎重さという名の過保護ぶりが窺える。

入慧は何も知らずに送り迎えをされているが、この行きすぎた気遣いのために世間からは、どれだけ男兄弟や親戚が多いのか、それも過保護な――と、噂の的だ。

「それより、病院のほうは大丈夫なんですか？　総長も通う限りはしっかりやれ、予定もこっちに合わせなくていいとおっしゃってるんですから、専念されたほうが。その、インターンとかってやつに」

「大丈夫だよ。さすがに仕事をほっぽらかして戻るなんてことはしないから」

もっとも、噂をしながらも周りが〝身内の送迎〟だと疑ってなかったのは、誰もが自分でもそうしてしまいそうだと思う魅力や生い立ちが、入慧にはあったからだった。

聞けば入慧は初等部のときから十六年もの間、学生寮で生活している。

そんな箱入り息子が世間に出てきたとなったら、心配で心配で仕方がない。もしも一人で歩かせて迷子になるならまだしも、変な輩《やから》にナンパでもされたら大変だ。

だったら出勤ついでにお兄さんたちが送って行くよ、迎えにも行くよとなっても不思議ないかと納得してしまったのだ。

「ただ、どうしてかこっちの予定が院長に筒抜けでさ。俺がどうこうする前にスケジュール調整されちゃうんだよね。いくら死んだ友人の頼みだからって、過保護すぎるよ。かえって恐縮しちゃうし、同僚がそのうち変に感じるんじゃないかと思ってハラハラする」

当然、そんな噂話を耳にするたびに、院長やその家族は失笑したが、そのわりにこの待遇。入慧の周りにはおかしいぐらい、過保護な大人しかいないらしい。

どうしたら二十四にもなった男にそこまでと思ってしまうが、入慧の放つ年季のかかった〝箱入り息子〟オーラは、周囲を自然に世話好きにさせるようだ。

「聖南医大の院長とは、先々代の頃からお付き合いがある間柄ですからね。きっと入慧さんは身内同然、目に入れても痛くないんでしょう」

「現場じゃ鬼だけどね」

「では、どちらへ行かれても同じってことですね」

「右も左も鬼だらけってか。あ、鬼塚に言ってやろう」

「あ、駄目ですよ、入慧さん。勘弁してください」

「嘘、嘘、言わないよ。やっさんには世話になりっぱなしだからね」

「入慧さん」

それが証拠に、今も外着から家着である着物に着替える手伝いをしていた強面の側近でさえ、入慧が来てからは子猫でも相手にするような笑顔が絶えない。

日々、冷蔵庫内に入慧専用のスイーツも欠かさないし、食事の好みも完全に把握。休日のランチには恥ずかしげもなく学生食堂を彷彿《ほうふつ》とさせるオムライスまで用意してしまう、世話好きと言うよりはやはり過保護な大人になってしまっている。

しかもこの男、経歴だけを見るなら七十年代に先代磐田と共に活躍しすぎた前科三犯だ。現在磐田本家では家老とも呼ばれる邸宅常駐の幹部だ。

「じゃあ、いつ誰が来てもいいようにしとこうか」

「――――はい」

これだけを見ても、入慧が〝お嬢〟から〝姐〟に昇格できる日は遠そうだ。

「入慧さん。到着され始めましたぜ」

「はい」

その上、過保護とは少し違うだろうが、それでも送迎に当たっている側近たちにも負けないほどの甘やかし男たちは、まだまだいる。

「お疲れ様です。昨日はご無事で何よりで…。本日はご足労いただきまして、ありがとうございます。奥に部屋の用意をしておりますので、このままお進みください」

「――――ありがとよ、って言いたいところだが。おい!! 誰だ、お嬢に出迎えなんかさせてんのは。こっちが焦《あせ》るから、床の間にでも飾っとけ」

その筆頭がこの男、昨日死にぞこなったばかりの久岡だ。

「床の間って…、久岡組長。俺は人形でもお飾りでもないんですけど」

「だったら大姐さんと一緒に、奥にドンと構えとけ。お嬢が頭下げるのは、せいぜい関東連合の限られた大幹部でいい。俺らは幹部とはいえ、総長の下にいるんだから、三つ指ついて頭下げられたら土下座で返さなきゃならねぇだろう」

「そう言ってるわりには、常に上から目線で来てません?」

「そら、誰を相手にしてもこういう態度だから、警察から極道に転身なんて羽目になってるんだ。今更言っても始まらねぇよ」

久岡と入慧のやりとりを見て、思わずちゃちゃを入れてしまったのは八島。

「八島組長。いらっしゃいませ」

「…いや、だから。せめて上がり框《かまち》から見下ろすぐらいしてもらわないと、こっちも立場上困るんですけどね」

そうでなくとも厳つい外見に反して情深い男なだけに、女子供(?)にはめっぽう甘い。

特に相手が、鬼塚が半生をかけて守ってきた恋人とあって、困ったように見下ろす眼差しさえ、普段とは数段違っている。やはり小動物でも見るようだ。

その後到着した朱鷺の態度も大差がなくて、これを鬼塚の人徳と取っていいのかはわからないが、たとえて言うならずっと独り身だった兄弟に、待ちに待った新妻が来た状態だ。

どうやって構い倒してやろう、歓迎してやろうかというテンションで、迎えに出た入慧を寄ってたかって弄《いじ》り倒していく。

「いいじゃん、別に。礼儀正しい分には間違いないし」

「佐原《さはら》…」

だが、そんな中にあって、少しばかり構い方が違うのがこの男、朱鷺の連れ・佐原だった。

「なんだよ、俺だけ呼び捨てなのかよ」

「当たり前だろう。他はともかく、お前に下げる頭は持ち合わせてないよ」

佐原はこの夏に、朱鷺が自分の妻という立ち位置で家に迎えた入慧より少し年上の青年で、今や朱鷺組の姐だ。元は検察庁に勤めていた事務官で、磐田会の中でも久岡同様、飛び抜けて異色な人物だ。

「可愛くねぇの」

磐田会の中でも一、二のルックスを誇る朱鷺が堕ちた相手だけに、その美貌は怖いぐらい際立ったものがある。入慧に比べれは線が細くて華奢《きやしや》な印象があるが、性格は正反対だ。

こんなに図太くて図々しくて、しかも傍若無人《ぼうじやくぶじん》な奴は見たことがない。ついでに言うなら頭がいいのはわかるが、その分性格は劣悪だ。典型的ないじめっ子で、とにかく入慧は会ったときから、佐原だけは小姑《こじゅうと》のようだと思っていた。

「あ、それよりこれ、先代に持って行きたいんだけど」

「――あ、ありがとう。じゃ、先に大姐さんのところに」

そのくせ、誰より気が利き礼儀正しく、言葉だけではなく行動が伴っているから嫌な奴だ。

佐原はどんなときでもここへは手ぶらで来ない。たとえ鬼塚や入慧には茶菓子一つ持ってこなくても、磐田の仏壇には花を持ってくる。それが憎めなくて、入慧も困る。

「そういう気だけはよく回るよな、佐原は」

八島もここは感心しているらしい。佐原を褒められ朱鷺は上機嫌だ。

「お前らが回らなすぎなんだろう。入慧も、余程の緊急招集でもない限り、訪問者は先に仏間へ案内しろ。それが先代や大姐さんに対しても最低の礼儀だろう」

「…っ」

もっとも、褒められたところで、こうして文句を言い返すのは佐原ぐらいなものだった。

しかもどうして最後にはこちらへくるのか、佐原とは男嫁同士のわりに、なぜか目の敵《かたき》にされている気がしてならなかった。

いじめっ子は気に入った相手ほどいじめるものだなんて、入慧にはわからなくて。

「そう捲《まく》し立てるなって。あ、お嬢。みんなまだ揃ってないようだし、俺たちも佐原と一緒に線香上げさせてもらっていいか」

「はい。では、こちらに」

その場は一番の年長者である八島に収めてもらい、どうにかすんだ。

入慧の案内で、この場に揃った来客たちが、いったん仏間のある離れへ移動する。

「なんや、揃って。もう話は終わったんか？」

まるで磐田の眠りを守るように、そこには表舞台から退いた菫が、同じように夫を亡くした女たち数名と穏やかな生活を送っていた。が、いずれも菫と余生を共にしようという女たちだ。何か起これば女戦士となれるアマゾネス揃いで、老いも若きも腕に覚えのある女極道ばかりだ。

母屋を訪ねるのとは、また違った緊張感が八島たちを包む。久岡と朱鷺も八島と同じことを感じたのか、顔を見合わせわかり合っている。

「いえ、これからです。先に先代にご挨拶《あいさつ》をと思いまして」

「そうか」

八島たちが通された仏間には、ケヤキ玉杢材に豪華絢爛《けんらん》かつ繊細な彫刻が施された見事な仏壇があり、そこには磐田や磐田の両親の位牌だけではなく、藤枝のものまで一緒に置かれている。

こんなところにも菫の性分が見て取れる。

ここに藤枝がいる分には、いつでも入慧が訪ねてこられる。適度な距離を保ちつつも、嫁と姑の関係もやんわりと維持できる。そうすることで、常に最新の情報も得ているのだろうが、なんにしても男たちは両手を合わせると磐田に挨拶した。

その後はそれぞれが懐からぶ厚い封筒を出して、それを菫に差し出し線香代とした。

「なんや、気ぃ遣わんでもええのに」

律儀な男たちが、こうして線香代にかこつけて寄こすのは、決まって菫の小遣いだ。

美しい女が常に美しくあるためには、何かと金がかかるのが世の常だ。

それを惜しまず出せてこそ、男たちは自分の力を誇示できる。

菫は今もって自慢の姐で、磐田の栄華を象徴する一人だ。ここへ訪れる男たちの中に、その美を守るための金を惜しむものは一人もいない。

「いくらあっても困ることはないでしょうから、蓄えておいてください」

「なら、貰《もろ》うとこか。入慧、これはあんたが預かっとき」

しかし菫は、それらに手をつけたことは一度もなかった。気持ちは貰うが、現金のほうは決まって入慧に保管させた。

「っ、でも。これは皆様が大姐さんに……」

「何言うとんのや。いつ、この子らに何が起こってもええようにしとかなあかんやろう。ま、百まで生きそうなしぶとい連中ばかりやけど」

八島たちが親を慕う気持ちを形にすれば、菫は菫で今も尚、親としての使命や愛を形にする。

こうして直に会うのは一部の幹部たちのみだが、その下には常に何百、何千という舎弟や子分たちがいる。その家族がいる。

上に立つ者の妻は、常にそのことを忘れてはならないのだと、入慧にわかりやすく伝えているのだろう。それが、総長・鬼塚を内から支えること、その責務と役割であると——。

「はい。わかりました。では、お預かりします」

入慧はそのことを胸に刻みながら、ずしりと重い封筒の束を手に取った。これが必要になったときには、すぐに出すことができるよう管理するのも、今の入慧の仕事だ。

「失礼します。総長が他の皆様とお揃いで帰宅されましたが」

すると、ちょうど部屋の外から声がかかった。

「なら、一度こっちに」

「八島。ええから先に、話をすましとき。佐原、いつもおおきにな」

菫の一声でこの場はお開きになり、八島たちは軽く会釈《えしゃく》をすると、会合のために母屋へ向かう。

そしてその中には、本来なら同行が許されるはずのない姐の一人、佐原がいた。

『当たり前のように同席か。佐原の奴、朱鷺の家に入ってまだ三ヶ月かそこらだろうに、幹部会に出席か。鬼塚や他の組長たちにも普通に意見して――――何様なんだよ』

入慧の立場をもってしても、この幹部会には参加したことがない。

菫にしても、磐田が健在のときに、男たちの話し合いに顔を出したことはないという。

姐が男の話に立ち入るときは、どこまでも主不在のときだ。他はどうか知らないが、磐田ではそうだと菫も言っていた。

『他の姐たちとは違う。俺とも、大姐さんとも違う。あんな姐、俺が知る限りとはいえ、見たことがない』

磐田の男たちの中には、鬼塚や朱鷺のように、運命の相手が同性だった者がいる。

八島も久岡もそれは同じで、それぞれ自宅には男の嫁がいる。

特に久岡の嫁である茂幸《しげゆき》など、元は八島付きの愛舎弟だ。ようは、夫が久岡で実家の兄が八島みたいなものだが、誰の目から見ても磐田内でこんなにしっかりした立場の嫁はいない。

しかし、その茂幸でさえ内助に徹し、表立った場には出てこない。

たとえ久岡組や八島組で幹部会があったとしても、今の入慧程度の顔出しに徹していて、それ以上の場には出てこないのを常としている。

それを考えても、この場に涼しい顔で出てくるのは佐原だけだ。それもつい最近まで相対する側に身を置いていた、もっとも新参者である彼だけだった。

『同じ男なのに。立場だけなら、俺のほうが上にいるはずなのに。佐原は幹部に交じって意見を交わし、俺はせいぜいお茶出し程度。場合によってはそれさえ許されずに、鬼塚たちがどんな話をしているのかさえ教えてもらえない…』

これが、佐原が持つキャリアや力のためなのか、もっと他に理由があるのかはわからない。

ただ、入慧が佐原に対して好意的になれないのは確かだった。

同じ姐の立場からしても、その差に嫉妬が湧き起こっていることも否めなくて――。


森林に迷い込んだような香りが漂う総檜造りの奥間は、一階部分では唯一洋間として使われていた。

螺鈿《らでん》を施した美しいアンティーク家具が並ぶ中、特に目を瞠《みは》るのは十二人は着席できるラウンドテーブルとチェア。漆黒の漆塗《うるし》りに虹色に輝く螺鈿で描かれた満開の桜は、いつ見ても春の月夜を思わせる。ここは初代の磐田総長が、苦労ばかりかけた妻のために設けた部屋だ。

先代磐田も気に入っており、いつしか幹部会専用の部屋になっていた。

「久岡、説明してくれ」

今宵この場に集められた男たちは、全部で十人いた。

八島や久岡、朱鷺をはじめとする傘下組長が九名。そして朱鷺組姐の佐原。中には先日奇襲を受けて重体となり、今も入院中の沼田に代わって長を務めている長男・夏彦《なつひこ》もいる。

男たちは各自に付き添ってきた舎弟たちを大広間に控えさせ、円卓に着いた。

まずは鬼塚の指示により、彼の左側に座っていた久岡から、昨日の報告を聞く。

「全員、殺られたのか。三十人からいたはずの捕虜をか」

「ああ。建物ごとドカンとやられたら、どうにもできない。俺はたまたま電話で外に出ていたから大した怪我もなくすんだが、見張りや看護に当てていた子分たちは壊滅だ。すぐに炎が上がって…。悪いが身内を助けるだけで精いっぱいだった」

昨夜のうちに小耳には挟んでいたが、やはり壮絶だった。

「そりゃ、それしかないわな」

「――――それにしても、どうして敵に居場所がわかったんだ？　総長が建てた施設だけに、わしらだって今回のことがなければ、知らんかったぐらいなのに」

「それが、中にいた奴の話によれば、意識を取り戻したリーダー格の男が、あり合わせの薬品とガスを使って自爆した。見つけて止めようとしたときには、ドカンってことだったらしい」

唯一の手がかりを失い、男たちが次々と肩を落としていく。

「とにかく、送り込まれているのは、こういう物騒なことを平然とやる相手だ。目的が明確にならない限り、迂闊には動けない。すでに仕掛けられた罠が他にあっても不思議はないしな」

久岡の警告に、誰もが固唾を呑む。

「八島――――。新田は殺される前、〝奴らは沼田が欲しいとか磐田をどうこうしたいわけじゃない。もっと凶悪なことを考えて、まずはドデカイ花火を打ち上げようとしている〟って、言ったんだよな？」

それでもどこかに敵の正体や目的に通じる糸口がないかと、佐原が八島に尋ねた。

「ああ。俺たちが駆けつけたことで、思いがけない大物が揃った。これで鬼塚総長はしばらく身動きが取れない。その上大鳳総長まで殺れれば、関東連合に風穴が開くってな」

八島は鬼塚の右側に席を置き、佐原は朱鷺と共に円卓の対面に着いていた。

鬼塚を上座とするなら、朱鷺や佐原が下座ということになるが、これまでの会合と違うのは、佐原の発言が目立つようになってから、上座だけの会議ではなくなってきたことだ。

誰を相手にしても遠慮がない佐原だからこそ、話が上下を行き来する。

「でも、マフィアたちがあそこで倉庫ごと吹っ飛ばすことになったのは、八島たちまでおびき寄せたせいで、完全に予定外だったはずだ。さすがに沼田の長男と三男を始末するだけなら、もっと穏便にすませていいだろうし。あんなに派手にする必要はない」

「いや、そうとは限らないぞ。いちいち手をかけるのも面倒くさい。全焼にしちまったほうが、手も汚れないし証拠も残らないってだけで、殺る奴は殺る。場合によっては、新田と雫の舎弟たちだって込みで殺られたかもしれないしな」

「そっか」

しかし、佐原や八島が話を進めるも、まるで核心には近づかない。

その様子に鬼塚は人知れず溜息を漏らした。

すると、周りの空気や大本の原因が自分たちにあるという罪悪感の双方から圧迫されているのだろう、佐原の隣で萎縮するばかりの夏彦に気がついた。

もともと面立ちが優しい男とはいえ、この中に入ってしまうと貫禄負けして若く見える。三十前という年の頃は佐原と大差ないであろうに、佐原のほうが目上に見えるほどだ。

「夏彦。この件、当事者としてはどう見る？　何か思い出したことや気づいたことはないか？」

鬼塚は、緊張を解く意味も込めて、あえて話を振ってみた。

重傷を負った沼田は、回復にまだ時間がかかる。このまま跡目を夏彦に譲る可能性が大きい。

時代と共に若い世代に移行していく幹部会の先を見据えても、ここは早々に慣れてもらわなければ困る。そんな意図もあってのことだ。

「なんでもいい、言ってみろ。俺が許す」

「――……はい。では……」

夏彦は、鬼塚の意図が通じてか、緊張しながらも呼吸を整え、話し始めた。

「新田が暴走したのは、我々の責任です。これに関してはマフィアは関係ないと思っています。新田は本当に、長い年月、沼田に尽くしてくれた男でした。組長にしても私や兄弟たちにしても、それに甘えすぎてしまったのが、憎悪を生んだ原因です。ただ、そんな新田がどこで、どんな経緯でマフィアと関係を持ったのか、それがわかりません。誰かに紹介されたのか、それとも一人で飲んで愚痴でも零《こぼ》していたところを聞かれて、つけ込まれたのか。ただ、いずれにしても一番腑に落ちないのは、相手がどうして沼田から潰しにかかったのかというところです」

すると恐縮しながらも、考えそのものは固まっていたのか、ここは迷うことなく思いを伝えてきた。

「どういうことだ？」

「相手の目的は壮大です。新田が漏らした話からすれば、最低でも関東から風穴を開けて、日本のヤクザ組織そのものに喧嘩を売ろうとしています。なのに、その突破口がうち程度って、何か違う気がして」

「⁉」

これこそ当事者だからこその疑問なのかもしれないが、鬼塚たちと夏彦の視点は、似ているようで違う。これが沼田本人ならまた意見も変わってくるのだろうが、親を絶対視しながらも、夏彦はずいぶんと客観的に自分の組やその立ち位置を見ている。

沼田は確かに関東でも名の知れた極道だが、組の構成人数だけで見るならさほど大きな組ではない。沼田より大所帯、組員を抱えるところは確かに他にも山ほどある。

「ですから、そこまで大きな喧嘩を売る。まずは手始めに関東を、中でも目立った存在の磐田からいくか…と思うまではわかりますが、俺ならそこで沼田組は選びません。八島組か久岡組か、もしくは両方一度に手をかけます」

なるほど――と思わせる。

相次ぐ仕掛けに、いったい相手は何をもくろんでいるんだ、目的はなんだ。まずはそこから知ろうとした鬼塚や八島たちにはない観点だ。

「お二人の間には、茂幸さんという共通のお身内がいらっしゃいます。それも大層子分たちに慕われているお方が。ここを押さえてしまえば、たとえいっときでも争わせることは可能でしょう。お二人がどんなに冷静に対処されようとしても、熱くなった子分たちまで全員を押さえるのは難しい。となれば、事実上磐田会構成員の四割が内輪揉めです。お二人が収拾に走る間、総長の左右もがら空きで、一気に攻め落とすことだって不可能ではありません」

ただ。冷静な上に素直なのはいいが、夏彦のたとえ話はリアルすぎだ。

思わず噴いたのは隣にいた佐原ぐらいなもので、それ以外は様々な思惑を抱えてか、唖然としている。

久岡など席を立つと同時に、前に置かれた茶碗を夏彦めがけて投げつけた。

「お前、柔《やわ》な面《ツラ》して、おもしろいこと言うな。沼田の親父が跡目に推《お》したのは、ただの平和主義じゃないってことか。俺と八島をぶつけるのに、茂幸を使う？　その隙に鬼塚を取る⁉　たとえ話にしたって、いい度胸してんじゃねぇかよ！　あ⁉」

「す、すみません!!」

夏彦は咄嗟《とっさ》に避けることもなく頬で茶碗を受け、幾分ぬるくなった茶を被る。

すると、隣からスッとハンカチを差し出したのは、一人で笑う佐原。

「そこで脅すなよ、大人げない。鬼塚が許したんだから、思ったように言わせてやれよ。それに、夏彦の言ってることは、理に適《かな》ってる。内輪揉めを仕掛けて、戦争の突破口にしたいなら、大穴のほうがいいに決まってる。しかも、それで八島組と久岡組がぶつかってくれるなら、美味しいなんてもんじゃない。それは、ここにいる男なら、誰でもそう思うよな。思わないのはせいぜい、後始末が嫌な鬼塚ぐらいだろう」

「佐原！」

いくら自由な発言を許されているとはいえ、ここで結束を乱すような話はタブーだ。

さすがにこれは、朱鷺が隣から威嚇《いかく》した。上を目指してこの道に入った男たちなら、磐田内で上りつめるためには一度や二度は、誰が目の上のこぶなのかは考える。

そうでなくとも一時期磐田の跡目を巡って、現在投獄中の俵藤と実弟三朗を御輿《みこし》に担ぎ、二分していた時代もある面々だ。結果的にはその両者が鬼塚を推したことで一つにまとまったが、今でもはっきりと対立時代の名残《なごり》はある。

ただの年功序列か、立ち位置で囲んでいるように見える円卓で、鬼塚を中心に八島から並んでいるのが元分家・三朗派。久岡から並んでいくのが元本家・俵藤派だ。

そんな中にあり、鬼塚だけが本家の若頭でありながら最後まで「磐田が健在な限り、跡目の話はしない。どちらにもつかない」と突っ張り、かえって俵藤と三朗からの信頼を得ることにはなったのだが――経緯を知らない佐原の発言は、爆弾だ。

いっそ俵藤と三朗が相討ちになってくれればと一度は考えたことがある男にとって、今の突っ込みは夏彦の話以上に笑えないものだ。

しかし、そんな空気を作っておきながら、それを打ち砕くのも佐原本人で――。

「けど、そしたら話は簡単じゃないか。どうして狙われたのが、沼田だったのかを考えてみればいいだけだ。たとえば、一つはまったくの偶然で、マフィアがどっかに誰かいないか程度で探していたときに、新田と出会った。とりあえず、ここから行ってみるかと決めた。相手は余程の暇潰しで戦争したいのか、そうでないにしてもなりゆき任せのお馬鹿団体だ」

佐原は夏彦の考えを元に、簡単な憶測をしてみた。

「もしくは相手に日本のヤクザをぶっ潰したいという、なんらかの理由や目的があった。そしてそれらを果たすためにも、極力自分の手を汚すことなく、突破口を作りたい。ただ、だからといってどこでもいいわけじゃない。どうせ仕掛けるならここがいいと思わせるなんらかの理由かメリットがあって、沼田組がターゲットにされた」

夏彦の言うように考えた場合、単純に思いつくのは二つのパターン。

「だから重箱の隅をつつくようにして、内乱を引き起こせるようなネタを探した。するとちょうど、沼田に不満を抱えていた新田を発見。よし、これだ――ってことで、意外に用意周到で無駄を好まない、頭もちゃんと使う団体だ。とかさ」

そうとう大ざっぱだが、焦点が絞りやすくなった。

「完全に後者だな。現場で動いてる奴らはどうか知らないが、背後に控えてる奴には、そういうあくどさと要領のよさを感じる」

この場の空気を元に戻すためにも、あえて久岡が佐原の話に乗った。

佐原の爆弾発言はいただけないが、あれのおかげで、周りの視線が久岡と夏彦から逸《そ》れたのは確かだ。

「でも、そうしたら今後の捜査の方向性が絞れるってことだろう。たとえば比較対象に久岡や八島を置かせてもらったとして、それ以上に沼田が潰れて得られるメリットはなんなのか。魅力がいったいどこにあるのか。それがわかれば、相手の目的もぼんやりぐらいは見えてくる。ただし、とことん相手の立場と目線で、日本の極道社会をじっくり眺める必要があるけどな」

そうして話が戻ると、佐原の遠慮も容赦もない発言は爆弾だが、悪い結果は導かないと証明された。

それがわかっているから、鬼塚も自由にさせているのだろうが、朱鷺の寿命が心労によって縮むのは避けられないかもしれない。

「そら、簡単なようで簡単じゃねぇな。俺らには、相手の立場や目線の高さがわからない。想像しても、これって確信に繋がるかどうか」

だが、ここで再び暗礁《あんしよう》に乗り上げるような発言をせざるを得なかったのは、警視庁のみならず、いっときはインターポールに出向していた経験まである久岡。

「だな。旧満州地域、上海《シャンハイ》、香港《ホンコン》、台湾《タイワン》、福建《フッケン》。ざっと思いつくだけで、チャイニーズマフィアにも何種類もある。土地によっては微妙に価値観も違うし、思想も異なる。しかも、どこから上りつめても向こうの黒幕は中央政府、最後は高級幹部にたどり着く。相手はこの時代になってさえ、党幹部の許可なしには何もできない国だ。裏も表も、日本の事情とは違いすぎる」

同意し、その意味を説明する八島も、だから今回の話は厄介《やっかい》なんだと愚痴を零した。

一筋縄ではいかないのは、相手があまりに自分たちとは違う世界にいるからだ。

「――――だろう。どんなに政界の黒幕だとか言っても、日本じゃ金と組織票を持ってる財界が強い。先生、先生と煽《おだ》てたところで、もう使えないとわかれば、とっとと乗り換えるのが商人だ。俺たちだって金と組織票をちらつかせれば、抱き込める政治家なんて山ほどいる。それこそ、力でなくても人数で丸め込める」

もっとも、ロシアンやイタリアン、チャイニーズ。外から見れば、理解できないのは日本の極道社会のほうだろう。

世界でマフィアを探したところで、基本は秘密結社だ。そう簡単には行き当たれない。

裏事情に精通している者でなければ難しく、それはマフィアという組織が、成り立ちや歴史的な観点から見ても〝素性を隠して生きる〟のが常とされているからだろうが、日本は違う。

町中に堂々と、そうとわかる看板を掲げて営業しているのだから、マフィア側からすれば理解不能だ。おそらく日本のヤクザがマフィアのルールを理解するより、マフィアがヤクザのそれを理解するほうが数倍難しいだろう。

それほど日本の極道社会とは、成り立ちが違う。ときと場合によって、どこにでも味方する組織があることで、善悪のいずれは別にしても、どこか一方が独裁的な力を持つことができないようになっている。たとえそれが自衛隊や警察を動かせる国家機関であっても、また莫大な財を誇る民間であっても、必ず相反する勢力が存在し、またその陰に極道が関与していることもあって、不思議なバランスが保てているのが、日本という国なのだ。

「しかし、向こうじゃそういうわけにはいかない。金も力も政治もすべてが中央に直結している。いざ悪事がバレてもそれは全部地方幹部のせいにされて、トカゲのしっぽ切り。闇から闇だ」

それだけに、政府が絶対的な力を持っている国のマフィアが、何を求めて日本の極道に喧嘩を売るのかがわからない。

これが、自国じゃ自由が利かないから、日本にシマ替えをしたい。政府から独立したいぐらいの単純な発想なら、かえって一昨日来いという話だが――そうとは思えないから、誰もが思案する。

「総長。これは賭けになりますが、一度李《リ》に連絡を取ってみましょうか」

迷いに迷って、八島がこの場に一石を投じた。

「李――それって、李飛龍《フェイロン》か」

すると、その名に反応した者は多かった。

「そう。李はチャイニーズマフィアの中でも〝若帝〟〝東洋の黒龍〟と呼ばれる台湾マフィアのドンだ。何年か前に来日していて、親日家としても知られている。関東連合の幹部たちとも馴染

み の深い男だ」

今回のことにチャイニーズマフィアが関与しているとわかった段階で、一度は頭に浮かべた者も多かったのかもしれないが、ここに切り込むにはリスクを伴う。

「しかし、もしそいつが今回のことに絡んでたら、どうするんだ」

「だから賭けだと言っただろう。場合によっては、昨日の友は今日の敵になるからな」

相手が味方であっても敵であっても、話を持って行った段階で、争うか巻き込むかという形にしかならない気がして、実行には移さなかったのだろう。

「わかった。李の件は少しだけ俺に考えさせてくれ。なんにしても、いつ次を仕掛けられてもおかしくない状態だ。各自、充分注意。捜査は沼田の線から今一度見直そう。夏彦、お前にはこれまで以上に動いてもらうぞ」

鬼塚でさえこの件に関しては、今しばらく時間が欲しいと言った。

当面は夏彦と佐原の意見を重視し、沼田からチャイニーズマフィアにたどり着く特別な何かがあるのかどうかを探ることにした。

「はい！」

一際力強く声を発したのは、夏彦だった。

その声に微笑を浮かべた者は多いが、久岡と八島だけは、心からは笑えなかった。

「お嬢は、これを避けるためにあえて六年も多く、籠の鳥でいたってことか」

二人にとっては目に見える絆になっている茂幸の存在が、共通の弱みにもなる。戦いの元にも

なりかねない。わかっていながら、今日ほどそれを意識させられたことはない。

「惚れた相手は弱みにも強みにもなる。そう考えると朱鷺は男だな。隠しもせずに」

「そこは、佐原が言うこと聞いてくれないだけだと思うがな」

今宵の会合は話だけで終わり、その後は即解散となった。席を立つと、すぐさま奥間を出て行く者たちが多い中、佐原は朱鷺の元を離れて、鬼塚に声をかける。

「鬼塚。ちょっと」

何を話しているのか、八島と久岡は揃って朱鷺を見た。

しかし、首を振って両手を広げて「さぁ?」というジェスチャーをする。

「陶山《とうやま》が俺に会いたいだ?」

すると、怪訝《けげん》そうな顔した鬼塚の口を突いたのは、一人の男の名前。現在は引退しているが、この夏まで我が物顔で赤絨毯《あかじゆうたん》を踏んでいた大物議員だ。

「そう。できるだけ早く、極秘に。ここへ来る直前に連絡を貰ったんだ。〝続けざまに大変な思いをされて、お見舞い申し上げる。しかし、こちらも友人共々、同じ敵に悩まされている可能性があるとわかった。一度、腹を割って話がしたいと伝えてほしい〟って。あ、ちなみにこの友人って言うのは、長年陶山に政治献金を送り続けて、しこたまいい仕事を貰って大成長した豊島《とよしま》建設の会長のことな。鬼塚より確実に暗躍して一時代を築いたことは間違いない、平成《へいせい》の世にまで生きる昭和《しようわ》の妖怪たちだ」

「…なんだ、それ。だとして、なんでこっちのことまで。お見舞いって、昨日の今日だぞ」

佐原と陶山は前職時代から面識があった。そして、昔命を狙われ、行方不明になった陶山の孫が偶然朱鷺組で保護され、そのまま今日まで身を寄せて朱鷺の片腕にまでなっていたこともあり、今でも水面下で行き来がある。決して馴れ合うことはないが、お互い使えるところは使う。

もっとも、孫の本間《ほんま》を楯《たて》に取って、陶山を利用しまくっているのは佐原だけで、陶山からこうした話が持ち込まれたのは今回が初めてだ。

「こっちがどんなに秘密裏に動いても、嗅ぎつけてくるんだよ、ああいうおっさんは。それに、倉庫や施設が立て続けにぶっ飛んでるのは事実だ。どんなにごまかしても、そのために久岡や俺が昔のコネを使ってるんだ。そうなったら、真相を知るお役人はゼロじゃない。そこにアクセスできる人間なら、何もかもお見通しってことさ」

「嫌な世の中だな」

「戦後の日本に、こういう世の中を作った奴らの生き残りだからな。本人には心地いいんだろ」

鬼塚も陶山との関係は朱鷺から聞いているので、ここは嫌とは言わなかった。

陶山の言う「共通の敵」というのも気になるし、沼田の周辺を調べるだけでは心許ない。この際、役に立つ立たないは別として、話ぐらいは聞いておこうかという気にはなる。

「とはいえ、政界を引退して尚これだからな。絶対敵にはしたくない。今後も使えるだけ使いたいから、話だけは聞いてほしい」

「お前は平成の妖怪だな」

それにしたって鬼塚からすれば陶山も佐原も侮《あなど》れない。思わず本音を漏らして睨《にら》まれた。

「それで、どこへ行けばいいんだ。俺も迂闊には動けないぞ。下手をして、相手を襲撃に巻き込むわけにはいかないからな」

その後は慌てて取り繕《つくろ》う。

「それなら任せて。安全策を考えてる。誰にも怪しまれずに密会できて、尚かつ最低限命の保証が得られる方法をな」

佐原が浮かべた満面の笑みに、嫌な予感が拭えない。

それでも最後の言葉だけは胸にしまって、口にしなかった。よくも悪くも佐原は切れる。

『諸刃の剣だな――』

「では、本日はこれで」

「ご苦労。気をつけて帰れよ」

鬼塚は、集まった男たちを自ら玄関先まで見送ると、

「入慧、来い」

「っ…‼」

今はまだ極道がなんたるか、その妻の役割がなんたるかなどわかりようもない入慧を抱いて、ひとときの安らぎを得た。

「あのさ、鬼塚。俺考えたんだけど、久岡や八島より沼田がいいって言うなら、やっぱりシマじゃないかな。ほら、二人のシマって大田《おおた》区や品川《しながわ》方面だけど、沼田のところって流行《はやり》の池袋《いけぶくろ》じゃん。今やオタクの聖地だ。メイド喫茶あるし、向こうってパクリ上等だから、きっと日本のオタ

ク文化を丸ごとパクリたいんだよ！　絶対にそうだよ!!」
『立ち聞きしてたなと、怒る気にもなれない。入慧…。お前も何か違う気がする』
本当に、わずかなひとときだったが――。

3

国内でも名の知れた高級ホテル・赤坂《あかさか》プレジデントホテルの大宴会場にて、二つのパーティーが行われたのは会合から数日経った土曜の夜のことだった。

一つは陶山・豊島側で企画した親睦会。名目は先立って議員を辞職した陶山へのお疲れ様会を兼ねたものだ。

招待客はいずれも政財界で名の知れた人物たちで、普段からボディガードをつけているような者も少なくない。

見る者が見れば談合か、未だに政治資金集めでもするのかという顔ぶれだけに、この派手な演出から本当の目的――パーティーの合間に極道・鬼塚との接触を図り、密談を成立させようとしているとは誰も考えないし、想像さえ難しいだろう。

トイレにかこつけ、通りすがりに様子を窺った佐原でさえ、頰が引き攣ったぐらいだ。

『あーあーあー。陶山の奴、もしかしてこっちはついでだったのか？　とてもじゃないが〝辞職した元議員のお疲れ様会〟には見えないぞ。まるで力の誇示だ。現役議員たちへの威嚇だ。こりゃ、今後も永田町《ながたちょう》の水面下であれこれ手引きしていくんだろうな。さすが、昭和の妖怪。スケールが違うよ。言っちゃ悪いが、こっちに集まってるおっさんたちのが、余程良心的で可愛く見える』

陶山や豊島の大胆さに、佐原も感心してしまう。

とはいえ、もう一つの佐原が企画した磐田会主催のパーティーも、はたから見ると迷惑なほどの顔ぶれだった。

名目は先代総長亡き後、入慧のバックアップを務める大姐・磐田菫の誕生会だが、引退して以来公の場に出ることがなかったので、一目会いたいと駆けつけた者は数知れず。パーティー会場には関東連合にその名を連ねる大幹部たちが一堂に会していた。

話を聞きつけた遠方の親分方からのお祝いや生花まで山のように届いており、引退して尚続く人気ぶりには、鬼塚や八島たち磐田会の幹部も啞然だった。

久岡など、「元の役職から見ても、これはいったいなんの集結だ。今から全国制覇の旗揚げでもするのかと思うぞ」と漏らしたほどで、それを裏づけするようにホテルの周辺には警視庁組織犯罪対策四課の刑事たちが話を聞きつけ、少数ではあるが待機していた。

もしも久岡が元の同僚たちに、「俺がいる限り、馬鹿な騒ぎは起こさせないから今日は帰れ」と根回しをしなければ、かなりの数の警察官どころか機動隊の配置まで検討されていたほどだ。

もちろん過剰な警戒態勢には、同時に開催される陶山たちのパーティーも関係している。

もしも場内で極道たちとぶつかり、問題でも起きたら大変だ。逆に癒着されても始末に悪いという危惧もあってのことだ。

それを考えてもこの二つのパーティーは、はた迷惑なだけのブッキングで、せめて日にちをずらせなかったのかと、ホテル側が警察から責められたことは言うまでもない。

『さてと』

そんな中、そもそも自分が発案しただろうこの企画を棚に上げ、陶山側のパーティーに溜息をついていた佐原は、会場に戻ると一通り中を見渡した。

『鬼塚はどこだ』

もともと高級指向で建てられたホテルの宴会場は、華美な装飾品と生花で飾り立てられており、いっそう眩《まばゆ》い空間を生み出していた。

場内には豪華なビュッフェ、場に相応しい装いで談笑を交わす紳士、淑女。

談笑の中身さえ聞かなければ、これが極道の集まりとは思わないだろうが、ちょっと耳を澄ませば物騒な話ばかりだ。

陶山側の黒さとはまた違うだろうが、たとえ佐原であっても心から笑える内容ではない。

密輸、恐喝、人身売買、地上げ、売春、臓器売買と話題は尽きることなくてんこ盛りだ。

元事務官の肩書を持った佐原がいるというのに、よく平気で話していると思うが、それは佐原自身がすでに朱鷺組の人間だという認識を充分周囲に与えている証《あかし》でもある。

特に鬼塚の側近たちに交じることも多くなっていたことも、彼の身を保証しているのだろうが、それでも一番の理由は佐原本人が放つ〝ここにいても浮くことがない存在感〟だ。

理性より勘で動くことが多い者たちだけに、本能で〝こいつは大丈夫だ〟と察しているのかもしれないが、佐原にしたら複雑だ。さすがに素直には喜べない良心は残っている。

『あ、いた！』

そうして、幹部に付き添う舎弟を含めて参加者が二百名近い中、佐原はホスト役に徹していた鬼塚を見つけ出した。

朱鷺をはじめ八島や久岡、来賓を含めても極道にしておくには惜しいほどのルックスを持つ男が揃う中、それでも鬼塚の端整な横顔は一際目を惹いた。

視線をやるご婦人方もひっきりなしだ。

『おまけも発見』

そんな様子を、少し離れたところから気が気でないという顔でチラチラと見ている入慧の存在にまで気づくと、佐原は自然に微笑を浮かべた。

おそらく菫が用意したのであろうが、色鮮やかな紫色の菖蒲《あやめ》が刺繍《ししゅう》された振り袖姿は、下手に似合うから気の毒としか言いようがない。

しかもあれでは二十歳そこそこにしか見えない。

とてもではないが、医師であることも極妻であることも想像がつかなくて、そうでなくとも背伸びしたい年頃の男にはさぞ苦痛だろうと、佐原も同情気味だ。

「鬼塚、ちょっと」

入慧のことは見て見ないふりをし、佐原は鬼塚の傍へ寄った。

声をかけながら軽く彼の袖を摘んで、場内の隅に引っ張っていく。

「パーティーの間に接触を図れるよう、小部屋を用意してもらった。誘導はここの松平《まつだいら》社長がしてくれるから、声をかけられたら行ってくれ。裏から案内してくれるし、誰に疑われることもなく陶山に接触できる手はずだから」

本日のパーティーは、基本的に夫婦同伴だった。

菫を慕う女たちが中心のパーティーとあって、もっぱら男連中は付き添いだ。

華やかな装いに身を包んだ極道の女たちを眺めながら、人妻を酒の肴《さかな》にする者もいれば愛妻の自慢に花を咲かせる者もいる。

だが、そんな気合の入った女たちの中にあって、一際目を惹いたのが一部の男姐たちだ。

煌《きら》びやかな着物を纏《まと》って尚、美しく輝く美青年たち。その存在に、首を傾げる親分連中も少なくはなかったが、中には全員女だと信じて疑っていない者もいたほどで、一人の漢を支える側に回った男たちは、それほど公の場では極道の妻に徹していた。

だからといって女らしいふるまいで――――ということではない。

どこまでも惚れた男を立てる女、そして姐として、また男社会を支える裏の女社会の一員として、できる限りの務めを果たす覚悟を示していたに過ぎないだけだ。

「――――ほう。用意周到だな。巻き込まれた松平社長もえらい迷惑だな。下手をすれば、ホテルの名にだってかかわるだろうし」

「何言ってるんだよ。白か黒かっていえば、松平社長は堂々と黒だって。なにせここの地下で会員制の秘密カジノを経営しているぐらいだ。早く法改正されて、一般公開するのをもう何年もの間待っている。カジノ解禁に賛成な議員さんたちにとっては、それこそ心強い後ろ盾だ」

そして佐原は、男姐の中でも飛び抜けて目を惹く存在だった。

もともとのクールビューティーはスーツを着ていても映《は》えるが、それが金銀の刺繍も見事な和装姿となったら比べようもない。華奢な女性に見えることはないが、男性と呼ぶには線が細いため、独特な艶めかしさも持っている。

怖いもの知らずな性格がはっきりとわかる言動も魅力の一つで、屈強な男ほど美しく強い女に惹かれる傾向もあって、佐原に目を向ける男は少なくない。

佐原自身はまったく感知していないようだが、ここに来て朱鷺がどれだけ憤《いきどお》り、溜息をついたかわからない。あまりにじろじろと見ている相手に対しては威嚇しにかかり、側近・本間に「組長、ここは抑えて」と、何度となく宥められたぐらいだ。

「陶山って、カジノ解禁の賛成派だったか？」

「いや。議員時代は、どちらかと言えば反対派だったかな。けど、今回のことでご縁ができて恩が売れれば、現役議員たちにいい影響を与えてもらえる。ようは、爽《さわ》やかな笑顔が売りの松平社長は、タダじゃリスクは負わないし、金以上のメリットがなければ、こんなことには加担しないってことさ」

おかげで、どんなに二人が部屋の隅へ行こうが悪目立ちだ。

入慧などますます目が離せなくなり、食い入るように見ている。

二人のそれが〝これから起こることの打ち合わせ〟であったとしても、手にしたグラスを割りそうな勢いだ。

「とか言って、こんなメリットも望めますよと、お前が社長をそそのかしたんだろう？　ついでに陶山にも、カジノの一件を根回しして」

「さあな」

「んと、朱鷺もえらい嫁を貰ったもんだな」

「俺が好んで押しかけたわけじゃない。勝手にこっちに連れてこられたんだ。今更文句言われても、知らないよ」

しかし、事情を知る入慧が見ても、嫉妬心を起こさせるほどのツーショットだ。何も知らない他人が見れば、単純に好奇心をそそられる。

勝手に関係をあれこれ想像して囁くことはしても、二人に真の目的があることに気づく様子はない。となれば、佐原にしてみれば〝してやったり〟な状況だ。

どんなに入慧が苦虫を噛み潰したような顔をしていても、それさえ楽しんでいるようにしか見えないから始末に悪い。これには鬼塚も失笑だ。

「――――と、あんまりお前とイチャイチャしてると、入慧に刺されかねない。とりあえず、あとは松平社長任せってことで」

「わかった。いつ抜けられるかわからない分、あとはしっかり頼むぞ」

「了解」

二人は立ち話を終わらせると、何事もなかったような顔でその場から離れた。

再び鬼塚は顔見知りの幹部たちに挨拶をして回り、佐原は迷うことなく場内を突っ切ると、先ほどから不機嫌丸出しになっている入慧の元へ向かった。

これはこれでまた周囲の目を惹いた。

「何？　言いたいことがあるなら、言っていいぞ」

「別に」

「言えばいいじゃないか。俺の男とイチャイチャするなって」

「誰がそんな子供じみたこと言うか！　鬼塚が仕事でお前とやりとりしてることはわかってる。俺がお前に言うとしたら、せいぜい役に立てよってことぐらいだ」

決して仲良く談笑などしていない二人。

その姿を目にすると、八島や久岡など「あ…」と、溜息交じりに額を押さえる。

「ふーん。さすが総長の女だけあって、ものわかりもいいか。そうでもなければ、あんな面倒な漢の傍にいられないもんな」

「なんだよ、その言い方。お前、自分の立場わかってるのか」

八島たちの心配をよそに、すぐに入慧が戦闘態勢に入った。

お互い着物姿だけに、胸ぐらを摑んでということはないが、その分怒りが目に現れる。

それを周りで見ていた女たちは笑って観賞しているが、男たちは胸騒ぎでいっぱいだ。

他組の幹部を接待中の朱鷺や鬼塚からは死角になってしまっているだけに、万が一のときは誰が止めるんだ、お前が行けよとなすり合う始末だ。

「ああ。わかってるよ。だから言ってるんじゃないか。あんな、命がけでお慕いしてくる強者が山ほどいるような漢の傍に、よくいられるよなって。色恋沙汰で寄ってくる奴なら力で蹴散らせばすむ話だが、我が殿をお慕いする忠義の家臣たちじゃ、そういうわけにもいかない。義兄弟だか杯だか知らないが、んと面倒。俺なんか本間だけでもうっとうしいと思うときがあるのに、お前はよく堪えてるよ。あんな、決して自分一人のものにはならないだろう男相手に」

しかし、入慧の戦闘態勢など、佐原にとっては子犬の無駄吠えも同然だった。

佐原は感情を荒立てることもなく、どこまでもマイペースで言いたい放題だ。

「自分一人のものにならない…男だと」

「そう。組から出て尚、お慕いしている。鬼塚に何かあれば、今でも喜んで命を投げるような男が何人もいるような相手に一生添い遂げるなんて、理想っちゃ理想だけどさ～」

と、不意に佐原が視線を逸らした。

はっきりとした変化がわかるほど目つきを悪くする。

「そこのあんたも、そう思わない？」

「っ、真木《まき》！」

佐原の視線を追いかけ、驚いた入慧が声を発した。

それもそのはずだ。佐原が話を振った、というよりは明らかに喧嘩を売ったのは同じ磐田会の者ではない。いくら元は鬼塚の一番付きの舎弟、片腕だった男とはいえ、今では銀座《ぎんざ》に拠点を置く龍仁《りゅうじん》会の組長・竜《りゅう》ケ《が》崎《さき》義純《よしずみ》に愛され、共に骨を埋める覚悟で組を移った真木洋平《ようへい》だったのだ。

「テメェ、誰に向かって〝あんた〟呼ばわりしてんだよ」

真木もまた、長身ですらりとした肢体を持つ美青年だった。

他の男姐同様、艶やかで眩《まばゆ》いばかりの男性であることに変わりはない。

ただ、違っていたのは彼がこの道に入ってから常に第一線で戦ってきた漢だということ。

佐原たちにはない精悍《せいかん》さがある真木は、今も漆黒のスーツを纏い、決して〝竜ヶ崎の女〟としてふるまってはいない。どちらかと言えば側近の一人として同伴してきたのだろうが、いつでも喧嘩上等という構えだ。

「〝お前呼ばわり〟よりはいいかと思って」

「喧嘩売ってんのか？　いい度胸だな」

普通にしていても、人の神経を逆撫でることにかけては天才的な佐原だけに、傍で見ていた入慧はどうしようか背筋が冷たくなってきた。

そうでなくとも真木に〝鬼塚ネタ〟は厳禁だ。

さすがにこれを面と向かって話した者はいないが、入慧の耳にだって噂ぐらいは聞こえてくる。

真木が竜ヶ崎の元へ行ったのは、鬼塚が入慧を愛したから。どう足掻いても義兄弟以上の関係にはなれない、一人の人間としては愛してもらえない、そんな傷心につけ込まれて竜ヶ崎に奪われたのだ。

もろちん、結果的には真木も竜ヶ崎を受け入れ、愛し合うようになったからこその組異動だ。鬼塚公認での嫁入りみたいなもので、磐田会と龍仁会の結束に一役買っている。

このあたりは茂幸も同様だ。沼田の次男、雫も覇凰会の総長・大鳳の元へ行くことが決まっているだけあって、戦国武将を支えた女たちを見るようだ。

ただ、組を出たはずの真木が、未だに鬼塚を特別視していることは変わらない。

それは入慧がいつ会ってもわかる。たとえ杯を交わした兄弟としてであっても、真木にとって鬼塚だけは別格だ。たった一人の兄貴分、最初で最後の聖域と言っても過言ではない存在のようで、これればかりはどうしようもない。

「喧嘩？　だって、あんたが売りたそうな顔してたから、とりあえずきっかけをやっただけだけど」

入慧は佐原が事情をわかっていて真木にこんな話をしているのだろうか、それとも知らずだろうかと眉を顰めていた。

「なんだと⁉」

「鬼塚と話をするたびに、刺すような眼で見られるのは、俺もいい気分じゃないんでね」

しかしこの場合、佐原が真木の心情を知っていようがそうでなかろうが関係ない。

佐原は朱鷺組の人間だし、真木は龍仁会の人間だ。こんな場所で争っていいはずがない。ましてや揉めた原因に鬼塚がなっているなど言語道断。下手をすれば朱鷺や竜ヶ崎にまで飛び火しかねない上、何より最終的に八つ当たりを食らうのは鬼塚だ。

さすがに真木だけは鬼塚に当たることはしないが、その分竜ヶ崎は容赦がない。年功序列で言っても、鬼塚のほうが年も下なだけにいいようになぶられるだろう。朱鷺だって佐原が絡むと平気で鬼塚を殴りに行くような男だけに、入慧は本気で止めに入った。

「や、やめろよ、お前たち」

「総長を呼び捨てにするな。お前は朱鷺の、総長の舎弟の女だろう。少しは立場をわきまえろ。何様のつもりだ」

「知らねぇよ、そんなの。俺は朱鷺のところに来る前から鬼塚とは対等だ。上にいるつもりもないが、下にいるつもりもない。朱鷺がどういう立場にいようが、知ったことか。そこだけは俺は俺で、朱鷺は朱鷺だ。文句があるなら鬼塚本人に言え」

勇気を振り絞った入慧の声は、完全に消されていた。

佐原と真木の争いだけに、入慧が割って入れる余地などまったくなかった。

「佐原に敬語を使わせろ。舎弟の女らしくふるまうようにさせろ。そんな命令を鬼塚本人が朱鷺にしてきたら、俺も考える。ただし、そんなせこい命令をするような男も、それを真に受けてくるような男も、俺はごめんだ。笑って別れてやるから言ってこい」

「テメェ…」

しかも、佐原の暴言にとうとう真木が怒気を露わにした。

「でもな、俺に変な嫉妬する前によく考えろよ。どうして鬼塚が俺に心を許してるのか、出会って間もない俺に、それも事務官なんかやっていた俺に側近並みの信頼を寄せてるのか」

「うぬぼれるな。誰が信頼なんか――――ぅっ!!」

着物の乱れも無視して、真木が佐原の胸元を摑みにかかる。が、逆に佐原からスーツの襟を摑まれ息を吞む。

「それは、俺が朱鷺しか愛してないからだ」

一際緊張感が増す中、佐原は摑んだ真木の襟を下へ引っ張り、これを見ろとばかりに目配せをした。自ら空いたほうの手で着物の裾《すそ》を割って、その白い左内股に〝朱鷺の刺青〟が彫られていることを真木に確認させたのだ。

「鬼塚はわかってるんだよ。俺が何かのときには、鬼塚を見殺しにしても朱鷺を助けるって。関東連合も磐田のことも関係ない。俺が朱鷺のためにしか生きないし、死なない奴だって信じてるから、安心して近くに置けるんだ」

佐原が放った言葉に、真木は唇を噛んだ。

だが、入慧にとっては不思議と胸のつかえが下りるような内容だった。

これまで入慧の中に渦巻いていた疑問や不満をゼロとは言わないが、かなりそれに近いところまで持っていかれた気もした。

まるで「だから俺には突っかかるな、鬼塚のことで妬くな」と言われたような気にもなったが、なんにしても納得させせられてしまったのだ。

佐原の身体にひっそりと刻み込まれている朱鷺への思いの深さに――――。

「そうでなくとも山ほど他人の命を預かってるんだ。他の男のものになって尚、自分のために命を落としかねない奴なんて、怖くて近くには置けないだろう？　ようは、あんたの中にささやかでも鬼塚への特別な思いが残っている限り、鬼塚は傍に呼ばないし寄せないってことだ。それこそ、龍仁会の竜ヶ崎ごとな」

佐原は真木が刺青を見たことを確認すると、すぐに裾の乱れを直した。

入慧はその様子からも、佐原が過去の経緯を知った上で、真木に絡んだことを確信した。

佐原は自分に嫉妬の眼差しを向ける真木に対して、苦言を呈したのだ。

その思いが変わらない限り、鬼塚はいざというときに、お前どころか竜ヶ崎さえ頼れない。

何かがあっても、磐田会は一番に龍仁会に助けを求められない。

他の組を頼ることになり、真っ先に声をかけることができなくなる。

だが、それは真木にとっても竜ヶ崎にとっても、不本意なことではないのか？

もともとあった鬼塚と竜ヶ崎の絆を組同士の絆にまで強くしたはずが、まったく生かせないまま終わるぞと言いきったのだ。

「いい加減に、実家のことより嫁入り先のことだけ考えろ。そうでないと、そのうち亭主から自宅監禁されて、一歩も外に出してもらえなくなるぞ。娑婆《しゃば》の空気さえ吸えなくなる」

そうでなくとも最近、鬼塚にとっては上も下もなく肩を並べられる悪友、大鳳嵐《あらし》が数年ぶりに出所した。そして、雫と恋に落ちたことで沼田組のみならず磐田会そのものとも縁を強くし、更なる結束を固めている。何かと矢面に立つことが多い磐田会にとって、龍仁会と覇凰会が左右にあることは理屈抜きに心強い。突然現れたチャイニーズマフィアという存在まで考えれば、共に力を合わせることができる漢は一人でも多いほうがいいだろう。

しかし、今のままでは鬼塚は余程の事態が来ない限り、真木や竜ヶ崎には声をかけない。

単なる老婆心かもしれないが、佐原は自分が抱いた不安が現実のものになってからでは遅いと判断し、真木に対して警鐘を鳴らしたのだ。

「────っ、このっ‼」

ただ、ここまで言われた真木が、黙って納得などするはずがなかった。

佐原が言わんとすることはわかるし、それがわからないほど馬鹿な男ではない。大鳳のことは自分も気にしていたところだ。

それでも唯一の聖域に、赤の他人である佐原に土足で踏み込まれた怒りは、どうすることもできなかった。今一度、真木に本気で佐原の胸ぐらを掴ませた。

「テメェに何がわかるって言うんだ。聞いたふうな口利きやがって」

感情のままに拳を振り上げるが、佐原は瞼さえ閉じない。

「やめろ、真木」

「佐原もいい加減にしろ」

さすがに見かねた八島と久岡が止めに入る。

「やめや！　何しとるんや、あんたら‼」

同時に菫の怒声も飛んだ。

「っ！」

「大姐さん」

その声に肩をびくりとさせたのは、入慧と真木だった。

佐原はこれにもどこ吹く風だが、こればかりは習慣の差だろう。それが証拠に身体のどこかをびくりとさせたのは、八島や久岡も一緒だ。おかしいぐらい、声を聞いた磐田会の者全員だ。

「真木。めでたい席で喧嘩やなんて、うちを愚弄《ぐろう》しとんのか？」

「そんな、姐さん。とんでもない」

真木は佐原から両手を放すと、菫に対して誠心誠意弁解した。

「ほな、同伴してきた亭主に恥かかすような真似はせんとき。あんたは男でも、立場は龍仁会の姐や。もう、鬼塚の側近でも、若鬼の筆頭でもないんやで」

「――――はい。すみません」

潔《いさぎよ》く謝罪し、身体を二つに折った。

「佐原、あんたもや。人をこないなところに引っ張り出したんや、少しは気を遣い」

「はい」

佐原もこれ以上の騒ぎは望んでいないのだろう、軽く頭を下げて終わりにする。

「入慧、あんたもぼけっとせんで、身体張っても止めや。これはもう、うちの仕事やない。あんたの仕事やろ」

「っ…。はい。すみませんでした」

入慧に至っては、一度は止めようとした事実があるのに、一番きつく怒られて平謝りだ。

『踏んだり蹴ったりだ』

こうなると八つ当たりの先は一つしかない。

他の誰が八つ当たりしなくても、入慧のそれだけは鬼塚へ行く。

あとで見てろよ、目にもの見せてやるという心境だ。

「かわいそうにな、お嬢ちゃん。とばっちりもいいところだ」

周りは騒ぎが収まったことに安堵《あんど》していたが、勝手なジャッジが余計に入慧を凹《へこ》ませた。

「んー。お嬢にはまだ姐共をまとめるのは難しいだろう。そうでなくとも真木や佐原はくせ者だ。特に佐原は異端児だ。総長どころか、菫姐さんを相手にしても顔色一つ変えない。〝朱鷺の女〟だけにしておくには惜しい男だからな」

何人かの男たちが、酒や煙草を手に盛り上がる。

「確かに。佐原の働きで、朱鷺の株はうなぎ登りだ」

「舎弟たちもようやくでかい顔ができるようになって、万々歳だろうな。もともと朱鷺は若いが力がある。だが、同じほど自制心が強くて平和主義だ。決して前へ上へとしゃしゃり出ることもない。本気になれば、いつだって総長と肩を並べられただろうに――どこまでも磐田の末端に腰を落ち着けてマイペースだったからな」

だいたい騒ぎを起こしたのは佐原だというのに、この好評価。入慧はおもしろくなくて、その場から移動した。

「ま、そのおかげで総長も寝首をかかれるような心配がない。左右には常に八島と久岡がいる。組どころか極道から離れたとはいえ、水面下には投資会社を興している市原《いちはら》もいる。市原がまっとうな世界で生み出す大金は、いざとなったら惜しみなく磐田に流れる。その上背後からは朱鷺が目を光らせてるんだから、今の総長を襲撃するとしたら、頭上からしかない」

「そら、無敵だな。不可能だもんな」

「本当、こうなったら今の総長を頭から押さえられる奴なんて、どこにもいないだろうからな」

あまりに憤慨したので、今すぐ文句を言ってやると、話題が絶えない男たちの合間を縫って、鬼塚を捜して歩く。

「そうか？　鬼塚なんか一捻りだろう。テメェら誰かを忘れてんじゃゃねぇのか？」

「え⁉」

「あ、あなたは‼」

そんな入慧を見ていた男がいたとも知らず。

その男が盛り上がっていた男たちさえ一瞬にして黙らせ、あとを追ってきたとも知らず。

『どこ行ったんだよ、鬼塚の奴！』

入慧は着付けられた振り袖のおかげで歩幅さえ制限されながら、鬼塚を捜して場内を歩いた。

知らず知らずのうちに、その姿を目にした者たちを自然と微笑ませながら――。


よくよく考えれば、菫が怒声を放ったにも拘わらず、鬼塚は姿を見せなかった。

すでに場内にはいなかったのかもしれない。

入慧はそのことに気づくと、一度フロアへ捜しに出た。

『あ…』

すると、目についたのは朱鷺に引っ張られていく佐原の姿だった。

朱鷺につく舎弟たちは、少し距離を置いて二人を見守っていた。

それがわかっているのだろう、朱鷺も勝手に遠くへは行かない。フロアに点々と配置された休息場のソファに腰を落ち着かせ、隣に佐原を座らせて何か話し始めた。

「少しは大人しくしておけ。悪目立ちして顔を覚えられたら、お前が損なだけだぞ」

「損？」

「身の危険が増すだけだ。そうでなくともお前は、朱鷺組どころか磐田会でも使える奴だ。すでに総長が認め、幹部会での発言を許してる。事実上幹部と変わらないんだから、そこを自覚しろ」

舎弟たちが警護するところから更に離れているため、入慧に二人の会話の内容はわからない。

もちろん、そんな入慧にだって四六時中警護の舎弟はついている。

今も機嫌を悪くしている入慧に気を遣いながら、背後でじっと見守っていた。

そのことも忘れて、ついつい入慧は様子を窺い続ける。

「へー、それは大した評価だな。傍若無人にふるまってるだけなのに、極道って楽でいいな。前職だったら左遷されてるレベルだぞ」

「佐原！」

ただ、話の内容はさておき、佐原の態度が変わることはなかった。ソファにふんぞり返って、朱鷺が相手でも傍若無人ぶりはそのままだ。むしろ鬼塚や真木を相手にするよりひどい。

『朱鷺は、よく許してるな。ってか、お前が甘いからあいつが付け上がるんだよ。わかってんのかな』

　こうなると、会話から何から全部そうなのかとかえって気になり、接近してしまう。

　入慧は朱鷺の舎弟たちに気づかれないようにフロアを大回りすると、二人が腰掛けていたソファの近くまで寄って聞き耳を立てる。

「でも、今のところは俺が目立ってるほうがいいんだろう？　時間稼ぎになって」

「どういう意味だ？」

「磐田のお嬢が立派な姐に育つまでは、今しばらくかかる。未熟な状態で矢面に立って鬼塚をハラハラさせるぐらいなら、しっかり育ちきるまで影が薄いぐらいのほうが無難だろう」

　すると、想像もしていなかった佐原の思惑に、入慧は朱鷺同様両目を見開いた。

「それに、鬼塚が安心して動けるってことは、お前たちも不安なく動けるってことだ。そして、お前たち組長連中に迷いがなければ、舎弟たちも迷うことはない。おかしな理由で無茶なことをやらかして、無駄に寿命を縮めることもないからな」

　佐原は驚く朱鷺の頬に手をやり、クスクスと笑っている。

「佐原…お前」

「かっこつけるわけじゃないが、どんなに突っ張ったところで俺は〝似非《えせ》極道〟だし、性格的にもずるがしこい立ち回りしかできない。何に関しても、入慧やお前たちみたいに真っ直ぐには生きられないし、実際生きてもこなかった。だとしたら、せいぜい策士として悪知恵を働かせるぐらいが精いっぱいだろう」

そうして話すうちに少しだけ、ほんの少しだけだが、佐原から朱鷺のほうに肩が寄った。

一見姿勢を直しただけのようにも見える程度だが、入慧はそれが佐原の甘え方なのだと察した。

どこまでも気丈でプライド高く、場合によっては自分が汚れ役に徹することさえいとわない覚悟を持って、この世界に入ってきた。

そんな佐原が唯一表に出す、ささやかすぎるほどの甘えなのだろうと――。

「馬鹿言うな。だったらそれこそ大人しくしてろ。変に目立つな」

普通の男なら見逃してしまいそうなほどだが、朱鷺はすぐに気がついた。

自然を装い、自分からも腕を回した。

「総長が安心できても、俺が安心できない。本末転倒じゃねぇか」

「朱鷺」

軽く佐原の頭を抱えると、髪を撫でつけてから引き寄せる。

そしてこめかみに口づけたあと、切なげに言葉を漏らした。

「お前は俺のものだ。この朱鷺正宗だけのものだ。磐田のことまで考えなくていい。俺のことだけを考えろ。こう言えば本間は怒るだろうが、本心だけを言うなら舎弟たちも放っておけって感じだ」

入慧は佐原が真木に対して、自分は朱鷺のために生き、朱鷺のためにしか死なないから鬼塚が安心しているんだと言ったが、本当にそうなのかと疑い始めた。

少なくとも朱鷺は、そうは思っていない。朱鷺自身に、いつでも鬼塚を守って死ぬ覚悟がある限り、佐原もそれに従うだろう。場合によっては鬼塚どころか入慧のことさえ守って、命を落とすかもしれない。それが朱鷺のものになった自分の役割だと覚悟している。そんなふうに思っているから、逆に佐原が無茶をしないか、不安なのだろう感じられて。

「そして、たとえ誰が相手であっても、刺青《アレ》は見せるな。次に見せたら二度と家から出さねぇ。死ぬまで座敷牢で飼い殺しにされたくなければ、言うこと聞けよ」

「ふっ。一応は、覚えとくよ」

これは興味本位で聞くべきではなかったと、入慧は反省しながらその場を離れた。

『俺が立派な姐に育つまで…か。これって今の段階じゃ、俺は鬼塚の役に立つどころか、陰から支えることさえできないってことだよな』

その反面、湧き起こる嫉妬はごまかせない。

鬼塚と絡んでいなくても、佐原は入慧にとって妬《ねた》ましい存在だ。

『十歳も離れているわけじゃないはずなんだけど…。なんであいつはああなんだろう』

誰と並んでも見劣りすることのない容姿、ぶれのない言動、何より自ら実行する行動力に、自信と度胸。真木に対して放った一撃を見てもわかるが、佐原は必要なときに必要なことが言える男だ。

たとえ自分がどう思われても、このままでは最悪な状況を招くと判断すれば、はっきりと警告をする。決して遠回しな言い方もしなければ、オブラートに包んだような言い方もしない。

逆を言えば、だからこそ鬼塚は安心して傍に置いているのかもしれない。

この先もし自分が間違った選択をしても、佐原なら「それは違う」と躊躇《ためら》いなく言うだろう。たとえ八島や朱鷺たちが「それでも一緒に命を懸ける」と主張しても、佐原だけは「違うものは違う。お前は自分の間違いのために、舎弟たちの命まで奪うのか」と言い続けてくれる。

それが佐原の愛する朱鷺を無駄死にさせない、一番の方法だ。

『んと。あのふてぶてしいまでの強さは、いったいどこから来るんだよ』

そういう期待もあって、鬼塚は佐原に幹部会への同席を許している。

自分や組織の手の内も晒《さら》している。

どんな理由があるにせよ、いったん火が点けば止まらないのが極道だ。男気のあまり引くに引けなくなることも多い。それを我が身にも感じているだろう鬼塚からすれば、佐原は目に見えるブレーキだ。誰より大切な舎弟たちの命を守るために不可欠な、おそらく一生〝極道にはなりきれないだろう質《タチ》の男〟だ。

『真っ直ぐには生きてこなかったって、どんだけ邪道な人生だったんだよ』

今日のことから入慧は、そんなふうに思えてきた。

だからこそ、これまで以上に憎みきれなくなった佐原が憎らしいし、妬ましいし、腹も立つのだが――――。

『いや、負けるもんか。俺だって毎日ただぼうっとしてるわけじゃない。自分なりに鬼塚を、そして磐田の男たちを守りたいから、銃を撃つより医学の道を選んだんだ。いざってときに敵を倒す術《すべ》よりも、味方を助ける術を学んでいるんだから、一生役立たずなんてことはない』

入慧は両手で拳を作ると、気持ちも新たに会場へ戻った。

まずは磐田の姐として、ホステス役に努めようとした。

『あれ、もしかして竜ヶ崎と真木?』

しかし、今日に限ってこれだった。二人はなぜか、会場入り口の前に飾られた生花を彩るために置かれた金屏風《きんびょうぶ》と壁の間に潜んでいた。

横からよく見れば気づくこともあるが、正面からはまったく気づけないスペースだ。

しかもおつきの舎弟たちは二人にまかれたのか、それとも命令で傍にいないのか、目につくところには姿がない。さすがに二組続けて盗み聞きもないだろうとは考えたが、かといって誰もついていなくていいのかとも心配になった。

お節介なのはわかっているが、二人は鬼塚にとって大事な人間だ。

今頃確認するのもなんだが、入慧には少し距離を置いたところに鬼若の舎弟たちがしっかりとボディガードを務めてくれている。

「鬼塚のところには相変わらず〝使える代わりに問題児〟って奴ばかりが集まるみたいだな」

「――――」

心配半分、聞こえてくる会話に好奇心半分。

結局入慧は、飾られた生花を眺めるふりをして、その場で足を止めた。

「だが、佐原は利口で情報通だ。度胸があって美形な上に色気もある。どんな漢でも奴なら多少のわがままには目をつぶるだろう。朱鷺は果報者だな――――見る目も確かだ」

かすかだが、金屛風を挟んで、竜ヶ崎の声が聞こえる。

ここでも話題は佐原と知って、ますます入慧はその場から離れられない。

「なんだ、怒ったのか。少しは妬けるか？」

それどころか、「当たり前だろう、少しは気を遣え」と唇を尖らせた。

どんなに理屈ではわかっていても、恋人が〝喧嘩したばかりの相手〟を褒めるのはなしだろう。

ましてや能力だけではなく、ビジュアルや色気の有無までとなったら嫉妬しないほうが嘘だ。

「別に。そんなはずないだろう」

しかし、これが竜ヶ崎の策略だったことは、真木の返事からすぐにわかった。

「可愛くないこと言ってないで、妬いたって言えよ。あんな奴褒めるな、そもそも見るなって。そしたら今すぐにでも、〝お前の龍〟をぶち込んでやるからよ」

「何言ってるんだよ。馬鹿言うなって、こんなところで」

どうして近くに舎弟がいないのかも、ようやく理解できた。

真木は屛風の裏で責められるだけではなく、迫られている。声色や台詞《せりふ》から想像しても、かなり大胆にだ。

なぜなら俳優か銀座のクラブホストかというほど凄艶な色香を放つ竜ヶ崎は、端整で甘みのあるマスクはしているが、背中どころか〝シンボル〟にまで龍の刺青が入っていると噂の極道だ。

どうしてそんなところにまで彫る必要があるのか、入慧には一生理解不能だが、なんにしたって際どい男に間違いない。

龍さえ従える徳叉迦竜王——それが竜ヶ崎義純だ。

「くくく。馬鹿はお前だろう。未練たらしい顔して、俺以外の男を見てんじゃねぇよ。何年経っても鬼塚を前にした途端にしおらしくなりやがって。そんなんだから、素人同然の佐原にまで挑発されるんだよ」

「義純っ」

入慧はすぐにでも立ち去ろうとしたが、あまりに艶めかしい声が真木から上がったものだから、逆に緊張して動けなくなった。衣擦れの音が聞こえ、ベルトを外している音まで響いてきたら、見えない分だけ妄想ばかりが広がってしまい、真っ赤になって俯《うつむ》いてしまう。

その様子を見ていた舎弟たちは、かえって困惑気味だ。

「忘れるな、真木。お前の男はこの俺だ。竜ヶ崎義純だ。磐田会の総長じゃない、龍仁会の四代目だ」

「ぁっ」

そうするうちに、これはやられたなと感じたのは、入慧の直感だ。

こんな場所で仕掛けるなんて、鬼塚だってしないぞとは言いたいが、完全に手玉に取られているだろう真木の様子を感じると、入慧は目の前にあった生花を握り締めてしまった。

「いい加減に妬かせるな。そうでないと、俺のほうが嫉妬に駆られて鬼塚を消しにかかるぞ」

「んんっ」

勝手にしろ、少しでも心配して損したとばかりにむしり取った花は黄色いバラ。

なんの偶然か、花言葉は〝嫉妬〟だ。

「もっとも、こんな脅しでお前が大人しくなったら、それはそれでまた憎らしい。鬼塚、ぶっ殺すってことになりそうだけどな」

それでも入慧はなんとなく感じた。

竜ヶ崎は〝鬼塚を思う心〟まで含めて、きっと真木を選んだのだ。

真木がいつまでも鬼塚を大事に思っていたとしても、そもそもそれを含めて丸ごと受け入れているから、この程度のお仕置きですんでいる。そうでなければ、真木が磐田を離れてかれこれ七年だ。いくらなんでも引きずりすぎだと、普通の男なら離れていくだろう。

だが、嫉妬めいたことは言っていても、竜ヶ崎から憎悪は感じない。

鬼塚に対しても真木に対しても、入慧が知る限り彼はいつも同じ調子だ。

どちらも自分を必要としている、決して裏切ることがないという自信からかもしれないが、いずれにしても竜ヶ崎は大人だ。すでに成熟している真木でさえ軽く手玉に取られてしまうほど、広くて深い愛情で、実は真木を雁字搦《がんじがら》めにしている。

「ちっ。なんなんだよ。これ見よがしに、みんなイチャイチャしやがって」

入慧は、立て続けに当てられた気がして、思わずぼやいた。

だったら見なければ、聞かなければよかったのに、昔から増すことはあっても、減ることのない好奇心が災いしたことを痛感する。

「自分が構ってもらってないからって、そうぼやくな。そんな顔してると、威厳も何もあったも

んじゃねぇぞ。磐田の姐さんとして」

「────え？」

と、ようやくパーティー会場に戻ってみれば、突然長身の男に前へ立たれて驚愕した。

「久しぶりだな。話だけは耳にしていたが、お前────全然死んだおやっさんに似てないな。完全にお袋さん似だ。ま、美人に育って何よりだが」

「俵藤…さん⁉　それに松坂《まつざか》さんも！」

夢でも見ているのだろうか。目の前に立ったタキシード姿の男たちは、すこしやつれてはいるが、以前〝磐田総長代行〟を務めていた俵藤と、その右腕とも言える松坂だった。

七年前に組を裏切り、御法度《ごはっと》になっている薬に手を出し、その上磐田会を丸ごと乗っ取ろうと企んだ武藤《むとう》という幹部とその子分たちを始末するにあたり、勃発した内戦の全責任を取って自首、これまで投獄されていた男たちだ。

「なんだ。あからさまに邪魔者が帰ってきたって顔か？」

「いや、そんなことは…。でも、いつ…」

入慧が会ったのはあとにも先にも一度きり。だが、その顔を忘れたことはない。

なぜなら武藤と直接対決したのは、この俵藤ではなく、当時まだ若頭だった鬼塚だ。

それこそ高校生だった入慧を人質《ひとじち》に取られたことで鬼神と化し、自ら投獄される覚悟で暴れた鬼塚を、警察が踏み込む前に入慧と共に逃がしたのが、この俵藤だ。

武藤がもともと俵藤派だったこともあって責任を感じたのだろうが、それにしたって鬼塚にとっては恩ある男だ。

「俵藤総代っ」

「兄貴!!」

懐かしくも大恩ある大幹部の登場に、入慧についていた舎弟たちさえ歓喜の声を上げた。

「総代はよせ。今の磐田に総代はいねぇだろう？　鬼塚が綺麗に仕切ってるんだ。迂闊なことは言うもんじゃねぇ」

「すみません。しかし、いつお勤めを…。どうして知らせてくれなかったんですか！　俺ら、磐田会揃ってお迎えに参じましたのに」

中には泣き崩れる者までおり、周囲も騒然とし始める。

「大事《おおごと》にして、マスコミが来たら大変だろう。あることないこと書かれて、どうでもいいような戦争の火種になるだけだ。時代が変わっても馬鹿はいる。なぁ、松坂」

「────ええ」

あの内乱がなければ三代目総長になっていたかもしれない男だけに、中には煙たがる者も出るかと思ったが、それはないようで入慧もホッとした。

松坂に至っては、この歓迎ぶりこそが鬼塚の躾《しつけ》のよさだ、下をしっかりまとめている証だと感激さえした。

「俵藤代行」

すると、そんな俵藤のところへ、次々と幹部たちが集まってくる。

「だからもう代行はもういねぇだろうに。お前がそれでどうするよ、八島」

「っ、しかし」

「今じゃ分家を改め八島組の頭なんだろう。お前が借りてきた猫みたいになってどうするんだよ」

こうなると騒ぎはいっそうのものになり、場内へ戻った鬼塚が話を聞きつけ、駆けつけたときにはピークに達した。

「俵藤さん！」

「――――よお、久しぶりだな。相変わらず、嫌味なぐらいいい面構えしやがって。これじゃあ入慧もやきもきするはずか」

七年ぶりの対面に笑った俵藤に反し、鬼塚は無言で佇《たたず》んでいた。

「っ……」

込み上げるものが多すぎて、言葉にならないのだろう。そのことを表すように、その場で深々と頭を下げた。

これには八島たちも固唾を呑んだ。傘下の組長たちがこぞって頭を下げるのと、鬼塚がそれをするのとでは意味が違う。

確かに俵藤は鬼塚の上にいた男だが、今は立場が逆転しているのだ。この様子を見て、再び俵藤に気持ちがいく男がいないとも限らない。特に俵藤派だった者たちには。

「おいおい、こんなところで俺に頭なんざ下げんな。お前はもう、とっくに磐田のてっぺんにいる漢だ。お勤めご苦労って、上から目線で来いよ」

しかし、この状況を一番よしとしなかったのは他の誰でもない、俵藤だった。

「まさか俺にいたぶられ続けてたのが、トラウマってことでもないだろう？　ん、鬼塚。いや、総長よ」

鬼塚の律儀で仁義に厚い性格は知り尽くしている。だからこそ、俵藤は頭を下げ続ける鬼塚の肩を摑むと、無理矢理顔を上げさせた。

が、それはそれですぐに失敗だったと後悔する。

「律儀なのも大概にしろ。鬼の目に涙なんて似合わねぇ。ってか、でかい態度で来られて、義理欠くなって蹴りの一つも入れるのを楽しみで帰ってきたのに、これじゃおもしろくねぇだろう。あ⁉」

七年もの間、自分の代わりに檻の中に入っていた俵藤に、鬼塚が掛ける思いは特別だ。

連絡もなしに帰ったことで、余計に感極まってしまったのだろうが、困り果てた俵藤は鬼塚が滲ませた男涙を誰にも見せまいとして、その頰をわざとらしく叩いてみせる。

『鬼塚――――』

その姿に、入慧はこれまで以上に胸が熱くなる。

誰より俵藤の出所を待っていたからこその男泣きだとわかるだけに、心が乱れる。

どうしてこんなときでさえ、自分は誰かに嫉妬してしまうのだろう。鬼塚が心から慕う者に対して、好意だけで見ることができないのだろうと。

「俵藤！　戻ったんか」

結局、鬼塚をもてあました俵藤を救ってくれたのは、本日の主役たる菫だった。

「姐さん。すみません、挨拶が遅れました。俵藤、松坂両名。このとおり出所しました」

俵藤は、ようやく頭を下げる側に回れて、何やら安堵していた。

昔なら菫に対してもここまで腰を低くしたことはないが、七年の月日は俵藤自身をも少し変えていた。三朗を抑え、磐田の跡目に就くことばかりを考えていた頃とは、どこか違う。

以前にはなかった落ち着きが醸し出され、貫禄が増した。

「ご苦労やったな。ほんま、あんたらにはえらい世話かけて…」

「いえ。本を正せば武藤の動きに気づけなかった俺の自業自得ですんで。それより先代の葬儀にも出られず、線香も上げられずにすみませんでした。一番大変なときに、姐さんや総長の力にもなれず…」

「何言うとんのや。うちの人もあんたにはぎょうさん感謝しとった。三朗も鬼塚も、もちろんうちや入慧も。あんたの男気には感謝しかしてへんて」

俵藤の変化に気づいてか、菫の当たりも自然と柔らかいものになる。

「松坂も、ようやってくれたわ。ほんま、ありがとな」

「そんなに、もったいない」

今夜は勤めを終えて帰った二人を労おうと、パーティーの趣旨さえ変わっていく。

「今日は嬉しいことだらけやな。ほな、改めて乾杯しよか。誰ぞ、酒持ってきてや」

「――姐さん。相変わらず、お強そうで」

「まだまだ男共には負けへんで。今夜は朝まで飲んだろうか」

「なら、受けて立ちましょう」

思いがけない男の帰還でパーティーは更に活気づき、誰もが和やかな時間を過ごした。

翌日鬼塚によって再び幹部たちに招集がかけられることになるが、今夜だけは歓喜に包まれたひとときを送った。

＊＊＊

この日、入慧がまともに鬼塚と話ができたのは屋敷に戻ってからだった。

「鬼の目にも涙とはよく言ったもんだな。ま、待ちに待った男の出所じゃ、感極まっても無理はないか。あのときの騒動の責任を全部ひっ被って刑務所に行ってくれた人だし。それもお前に磐田会の総代を譲って、任せて、先代亡き後の磐田会が内部分裂しないようにって、三代目総長・鬼塚賢吾誕生の絵まで描いて、実現させた人だもんな」

二階の広々とした和室の続き部屋。その襖《ふすま》の前に立つと鬼塚は、「今夜はもういい。ご苦労だった」と人払いをした。

振り袖を着せられた入慧の着替えには手伝いが必要だったが、そこは「着せることはできないが、脱がせることなら得意だ」と鬼塚が笑ったことで、誰もが「それもそうだ」と納得したのだ。

逆にこれ以上は邪魔だろうと気を利かせ、あとは余程のことがない限り、朝まで声をかけないことを示してから立ち去った。

「それだけ、檻の中にいてさえ力を持った、持ち続けてきた男の帰還ってことなんだろうけどさ」

しかし入慧は、鬼塚と二人きりになると、寝室で帯を解かれながらも話し続けた。

今日は余程鬱憤《うっぷん》が溜まっているのか、自然と語尾がきつくなってくる。

俵藤のことに関しても、入慧は感謝しかしていないはずなのに、どうしてか不機嫌だ。

佐原や真木の話ならこの口調もうなずけるが、なぜ俵藤の話でと感じたのだろう。鬼塚は不思議そうに問い返す。

「そう言うわりには気に入らないのか？ せっかくの晴れ着が台無しってぐらい、仏頂面だぞ。それとも後悔してるのか？ 鬼塚の女に、磐田の姐になったことを」

これは根本的なところに不満を感じ始めたのかと、鬼塚も探りを入れた。

「後悔なんかしてないよ。これは俺が選んだことだ。選んだ、極の道だ」

帯が解け、刺繍で重さを増した振り袖が、シュルリと音を立てて足元に落ちる。

それだけでも身体が楽になり、入慧は気持ちも解放された気になった。

思わずホッと溜息が漏れる。

「先代が生きてるときに、一度は跡目の打診をされたけど。俺は磐田の跡目よりお前のものになるほうを選んだ。鬼塚たちに支えられて上に立つことより、鬼塚をてっぺんまで押し上げて支える側を、磐田の姐になることを選んだ。一生、極道の女扱いでも構わないって」

自然と口調も軽くなった。

だが、だからこそ、これまで言えなかった不満も爆発した。

「けど、そこまで覚悟したのに、未だに刺青の一つも入れさせてもらえない。俺はお前のものだって、磐田の姐だっていう覚悟を身体に刻みつけることさえ許してもらえない。はっきり言って、これに関しては不満だ」

佐原の刺青に感化されたのもあるのだろうが、実はこのことは以前に一度だけ、二人の間でも話題に上っていたことがあった。

しかし鬼塚に「駄目だ。必要ない」と言われて、入慧は断念した。

もしかして、菫なら賛成して一緒に鬼塚を説得してくれるかと期待したが、これに関しては菫もノーだった。それどころか、「何も自分の男が嫌がることをする必要はないやろう。あえて痛みを伴ってまで嫌がらせしたい恨みでもあるんか？」と笑われ、返す言葉をなくしたぐらいだ。

「周りからはいつまで経っても〝お嬢さん〟扱いだし。そりゃ、俺がそもそも素人で、まだまだ若くて、ぺーぺーだってことはわかってる。けど、だからこそって思うのに…。俺はいつまでこんな半端な立場に置かれるんだよ。磐田の姐どころか、鬼塚の女にさえ昇格させてもらえないまま〝お嬢さん〟扱いなんだよ！」

覚悟など気持ちの問題だと言われてしまえばそれきりだが、今日のように他の姐たちとの差をはっきり見せられると、入慧も黙ってはいられなかった。

他の誰かに示したいわけではない。単に自分の目で見ることができる覚悟の証が欲しくて、感情が高ぶってくるのだ。

「――――そんなものは、彫り物一つでどうにかなることじゃない。それに、周りからすりゃお前は〝鬼塚の女〟であると同時に〝先代の忘れ形見〟でもあるんだ。可愛がるのは当然だ。みんなおやっさんによくしてもらった恩を、今度はお前に返したいだけだって」

鬼塚が言うことにも一理はあるが、昔のように簡単には納得できなかった。

「まぁ、菫姐さんの冗談が元で、お前が〝お嬢〟呼ばわりされる羽目になったことには同情する。けど、それでも愛情は愛情だ。磐田の漢たちからの敬意や信頼、仁義の証みたいなもんだ。今しばらくは呼ばれてやってくれ」

何をどう言ったところで、鬼塚の背中には化粧彫りで観世音菩薩が彫られている。

菫の胸には菫の花に磐田の文字が彫られ、新参者の佐原の太腿にさえ飛び立つ朱鷺の姿が彫り込まれている。

こうなるとないもの強請《ねだ》りだ。子供が駄々をこねるのと一緒だと言われかねないが、それでも欲しいものは欲しい。

「だからって、いつまで子供扱いするんだよ。俺はもう二十四だぞ、高校生じゃない。男共から〝お嬢〟なんて呼ばれて喜べる年でもないし、未だにこんな晴れ着まで着せられて。だいたい、なんで佐原たちは派手でも男物を着せてもらえるのに、俺だけが女物なんだよ。しかも振り袖なんだよ。俺は未婚じゃないし、こんなの七五三の延長みたいじゃないか！」

それほど今日の装いと、そのためにした一人浮きは、入慧にとって腹立たしいものだった。着物を用意した菫には入慧を最高に着飾ってやりたいという気持ちしかなかっただろうが、入慧は正真正銘の女姐たちからまで、「可愛らしいお嬢さんね」と満面の笑みで言われた。「いったいどこの組長の娘さんかしら」とまで囁かれて、途中で何度も心が折れそうになったのだ。

「おかげで、誰からも極道になんか見られない。総長の女だなんて微塵《みじん》にも思われない。昨日今日来たような佐原のほうが極道らしいなんて世も末だ。しかも、あんなところに彫り物まで入れやがって、佐原の奴っ」

そこへ持ってきて、あの喧嘩騒動だ。真木を相手に堂々と刺青を晒した佐原が羨《うらや》ましくて、妬ましくて。でも、やっぱり最後は羨ましいが勝ってしまい、とうとう爆発した。

「なんだ、佐原に挑発されたのか。いきなり刺青なんて言い出すから何かと思ったが」

「いきなりじゃない。前にも言った。今日は二度目だ！」

鬼塚が笑ってごまかそうとするものだから、噛みつきそうな勢いだ。

「――――けどな、あいつはあんなものがなくても、元から極道な性格だぞ。むしろ極悪だ。お前や俺とは違う意味で修羅場を潜って生きてきた。仕事柄人間の残酷さも醜さも、数え切れないほど見てきただろうし…。そういう中で培《つちか》われた気丈さが、ここに来て開花してるようなもんなんだから、比べたところで無意味だって」

これには鬼塚も少しばかりたじろいだ。口には出さないが、どうして佐原はこうも面倒くさいことばかりを引き起こすのが得意なんだと言いたくなる。

「それに、あの彫り物は佐原の自己満足であって、朱鷺は喜んじゃいない。むしろ自分がかかわったことを後悔さえしていた」

「え？」

これでは埒《らち》が明かないと踏んだのか、鬼塚は朱鷺の話を持ち出してきた。

「だってそうだろう。惚れた相手の身体に傷をつけさせた。それも素人に。綺麗な肌に二度と消えない傷を負わせたって、いっときは荒れ狂ってたぐらいだ」

話だけでは自信がなかったのか、両手を伸ばすとその場で入慧を抱き締めてくる。

未だに上着しか脱がせてもらえない胸元に入慧の顔を抱き込み、まとめられた髪から簪《かんざし》や付け毛を外していき、細くて柔らかい入慧の自髪を優しく撫でつけた。

「そら、本人の好みもあるだろうが、俺も朱鷺の気持ちはわかる。どちらかと言えば同じだ。自分が汚れているだけ、惚れた相手には綺麗なままでいてほしい。わがままに聞こえるだろうが、傷一つつけず、死守したいと思うのが男ってもんだ」

すでに鬼塚は、入慧を説得するというよりは、口説き落としにかかっていた。

「俺がお前に彫り物を許さないのは、誰にどんな思いがあるわけじゃない。今更お前の母親に気兼ねがあるわけでもない。ただ、俺が生まれたままのお前を死守したい。ずっとこうして、愛したいだけだ」

そんなふうに言われたら、ごねることもできない。ずるいとしか言えない。

しかもキスをされたらおしまいだ――――と、入慧は頬をふくらませ続けた。

「これじゃあ納得できないか？」

できないと言えたら、どんなにいいかわからない。

だが、何も言い返さなければ、鬼塚は入慧が納得したものと解釈する。

「いい子だ」

反論がないことにホッとしたのか、極上な笑みを浮かべる。

すっかり顔が火照《ほて》ってしまった入慧に口付け直すと、このまま続きをとばかりに長襦袢《ながじゅばん》の上から身体を撫でつけ、利き手をそっと陰部に這わせた。

「入慧」

寝具にさえ運んでくれない気なのか、鬼塚はその場で入慧の身体を押し倒す。

握り締めた入慧自身をゆるゆると扱いて、あっという間に身も心も手中に収めてしまう。

「——っっ、着物っ。片付けないと」

今にも迎えそうな絶頂感から、入慧は鬼塚を押しのけようとした。

「気にするな。いっそ二度と着られないようにしてやればいいだろう」

畳の上とはいえ、脱いだ着物はそのままだ。このままでは敷物代わりにされて、汚してしまう。

「馬鹿言えよ。大姐さんに怒られる。これ、人間国宝に作ってもらった晴れ着だって…、んんっ」

菫の誂《あつら》えだけに、気が気ではない。だが、極上な絹と糸で作られた晴れ着は、着ても敷いても気持ちがいい。なんとも贅沢《ぜいたく》な寝床だ。

「だったら今度は俺が作ってやるよ」

鬼塚の腕の中で、入慧はなんら抵抗もできないまま、長襦袢を乱された。

「ぁぁ…っっ」

肌を撫でられ、優しく責め立てられて急速に堕ちていく。

入慧は全身で鬼塚を感じると、閉じた瞼、睫毛までもが小刻みに震えて身をくねらせる。

「鬼塚っ…」

このときばかりは嫉妬も怒気も湧かない。鬼塚が与えてくる魔性のような快感に呑み込まれ、知り尽くした世界へ、甘美な絶頂へと向かっていくだけだ。

「鬼塚…っ、ぁ――――鬼塚っ」

突然きつく握られ、先端に爪を立てられて、入慧は達した。

大きく身体を反らして震えながら白濁を放ち、鬼塚の手を濡らしていく。

「菖蒲じゃなくて、鬼でも描いた派手な男着物を」

鬼塚は、手中で受け止めた白濁にわざと舌を這わせた。真っ赤に火照った入慧の顔を、更に赤くさせたいようだ。

「俺のものだと、一目でわかるような――――刺青代わりの着物をな」

「子供騙しだな…。やっぱり」

どのみちキス一つで流されてしまったあたりで、子供騙しも何もない。

それでもそんな一着があるなら、少しは気が晴れるだろうか？

いつも身近に感じることができるだろうか、この最愛の男を。

「なら、いらないか」

「いる！」

入慧は鬼塚の襟を摑むと、子供の頃のように強請《ねだ》ってみせた。

「欲しいに決まってるだろう。そんな着物があるなら、着替えの分まで作れって。一着なんてケチなこと言うな」

月に一度だけ、面会に訪れる鬼塚にあれこれと次回の土産を強請《ねだ》ったように、今度は着物に託して、鬼塚自身を強請《ねだ》ってみせた。

「笑うなよ。自分が言ったくせに」

どんなに年を重ねて、見まごうばかりの美青年に育っても、入慧の心に深く根づいた人恋しさは変わらない。母を亡くしたときから天涯孤独だと思っていた分、唯一の肉親のようでもあった鬼塚の存在は絶対だ。

「だいたい、俺が鬼塚を好きだって、これはもう鬼塚への恋だって気づいてから、どれだけ一人でいたと思ってるんだよ」

それなのに、そんな気持ちをわかっているのだろうかと腹が立つ。

入慧は、自分の気持ちばかりが高まって、身体が熱くなって、何もかもが独りよがりに思えて、鬼塚に捲し立てた。

何もかもが焦れったくなってきたのか、自ら襟を摑んで鬼塚のシャツも脱がしにかかる。

「許されるなら、片時だって離れたくない。四六時中傍にいたい。けど、今の俺じゃまだ、鬼塚の足を引っ張るだけだって。命を守り、助けるどころか、危険に晒しかねないだけだってわかってるから我慢してるんだぞ！」

今すぐ力の限り抱き合いたい。全身で鬼塚を感じたい。

鬼塚の肌を覆う衣類さえ、今は入慧の欲求を阻《はば》む壁のように思えてならない。

それにも拘わらず、組み伏せられた姿勢からではシャツをはだけさせるのが精いっぱいで、何一つ思うようにならない悔しさから、入慧の顔には影が差した。

「それなのに…、お前は」

どうしてこんなことで切なくならなければいけないのか、積もりに積もった鬱憤も手伝い泣きそうになってくる。

「もう、黙れ。これ以上、俺を狂わせるな」

すると、鬼塚が語尾をきつくしながら、いったん入慧の上から身を起こした。

「────っ」

突然温もりが遠ざかり、ますます泣きそうになった入慧を見下ろすと、半端に乱れた衣類を自身の手で脱ぎ去った。

「お前は、俺が平気だったとでも思ってるのか。お前のためだと言いながら、傍に置くこともできなかった間、何も感じてなかったとでも思ってるのか」

猛々《たけだけ》しくも艶やかで美しい、完成された男の肉体が晒される。すでに猛り、天を仰ぐ鬼塚の肉欲さえ、入慧には自身を熱くする象徴であり、また媚薬だ。

「お前がガキの頃ならまだしも、この味を知ってから、お前に愛される悦びを知ってから、どれだけ一人でわびしい夜を過ごしたことか。身も心もお前を恋しがって、狂おしい思いをしたことか」

鬼塚は、待ち焦がれたように両腕を伸ばした入慧に覆い被さると、今一度激しく唇を貪《むさぼ》った。

「んんっ」

「入慧」

充分な潤いがないことを承知で、入慧の下肢を探る。熱く火照った肉体の奥に潜む蕾に、硬く強張る肉欲を押しつけ、一気に突き入れる。

「ぁぁっ――――っ」

裂かれ、押し入られる感覚に、入慧は二つの肉体が一つになることを実感した。

どんなに心から結ばれているとわかっていても、この瞬間以上にそれを感じることはない。

肌と鼓動と身体の奥で、入慧は鬼塚のすべてを感じて安堵する。

「これ以上は言わせるな、入慧。俺を、ただの男にするな」

激しく波打つような抽挿《ちゅうそう》を繰り返されて、焼かれるような痛みさえ甘美な愉悦となって、肉体と精神の両方から絶頂へと駆け上がっていく。

「俺は、磐田の鬼塚でなければならないんだ。お前を愛し、一生守っていくためにも、今更ただの男になるわけにはいかないんだ」

このとき、抱き合う入慧の目に映ることはなかったが、鬼塚の背には色鮮やかなまでに観世音菩薩が浮かんでいた。芯から熱くなった肉体と精神を強調するように、普段は肌の奥に封じ込まれて彫られた仏が姿を現していた。

「お前が惚れた男は、鬼でなければならない。そしてお前は、その鬼の女でなければならない。それが俺たち極道だ」

入慧は懇願するように囁く鬼塚に、愛される悦びを実感した。

「いいな」

生まれ持った性に背いて、鬼塚の女となることを選択した。

この男の支えになり、血となり肉となる覚悟を持って、この世界に飛び込んだ。

「…ん」

後悔はしない。間違いはなかった。入慧は自らも鬼塚の背に腕を回し、抱き寄せ、いっそう深いところで一つになると、今だけは鬼塚を独占して満足そうな笑みを浮かべた。

その後は心地よい眠りに就くと、気持ちも新たに朝を迎えた。

4

〝そういやお前の読み、あながち外れてなかったぞ〟

心地よく目覚めた入慧にそう言って笑うと、鬼塚は一夜を共にした寝具から一足先に出ていた。何やら朝から慌ただしい。大事が起こった様子はないが、今日あたりは幹部とまた話し合いがあるのかもしれない。

俵藤の復帰もある。しばらく鬼塚の課題は山になることがあっても減ることはなさそうだ。

『あれって、なんの話だったんだろう』

一夜が明けて、すっかり平熱に戻っていた鬼塚の背に、観世音菩薩はいなかった。

門外不出の技法で彫られた鬼塚の刺青は、今は亡き鬼塚の父、鬼才と呼ばれた刺青師一慶《いっけい》がこの世に残した遺品でありミステリーだ。

鬼塚の背にあることから入慧は最初、そういう技法があるのだろうと信じていたが、化粧彫りとも白粉《おしろい》彫りとも呼ばれる技法とはまったく別のもので、実際体温の上昇で現れる刺青というのは架空のもので存在しないとされている。

いわばフィクションから広まった都市伝説のようなもので、これに近いものなら白ラインで彫り込んだものを体温の上昇で浮かび上がらせるというものがあるが、鬼塚の背のように、色鮮やかな刺青が浮かび上がるものとは別だ。一慶が息子・鬼塚をはじめとする何名かの背に残した名画の謎は、彼の死と共に永遠に封印されている。唯一の弟子にさえ、その秘法は伝えられないまま、彼は他界してしまったのだ。

「入慧さん、そろそろ準備されないと。お勤めのお時間ですよ」

「――あ、はい!! 今行きます」

ただ、そんな話を抜きにして、入慧は単純に鬼塚の背に住む慈悲深い観世音菩薩が好きだった。初めて見たときは刺青そのものに恐怖を覚えたが、今では鬼塚の秘められた一面を見るようで、まるで幼い頃に亡くなったという鬼塚の母に会うようで、入慧はとても気に入っていた。

朝までぐっすり眠ってしまい、見損ねたことはかなり残念だった。

できればじっくり眺めたい、許されるなら眺め続けたいが、風呂でも共にしない限り入慧がこれをまともに見られる機会はない。夢中で抱き合い、愛し合っているときにそれを中断してまで「見たい」とは言えないし、実際考えている余裕もないからだ。

そうかといって、常に舎弟たちが同居している屋敷で、一緒の風呂は躊躇われる。

別棟とはいえ同じ敷地内には菫もいるし、どんなに周りが勧めても、入慧は恥ずかしくて、自分からは鬼塚と風呂に入ったことがない。

ごくたまに、入慧の入浴中に鬼塚が乱入してくることはあるが、そうなると背中を流してどうこうというより、その場で抱かれてしまって話にならない。

結局は、年に何度かしか見ることができず、いっそ写真にでも撮らせてもらおうかと本気で考えたこともあった。それが鬼塚の背にある刺青なのだ。

「用意はできましたか？　入慧さん」

そうこうするうちに、入慧の送迎から護衛までを務める側近が声をかけてくる。

「ああ。いつも悪いね。ありがとう、田崎《たざき》」

シャツにジャケットにジーンズ。いかにも親戚のお兄さんといった風貌、出で立ちだが、田崎は鬼塚が若頭だった当時から、鬼若という若手の精鋭部隊に名前を連ねていた。

今となっては組内でも中堅に位置し、鬼若の中では部隊をまとめる筆頭になり、かなり気合の入った極道だ。鬼塚を慕ってこの世界に入った一人でもある。

「いえいえ、楽しませてもらってますよ。こんなことでもなければ、流行のメンズ雑誌なんか、一生読まなかったと思います。他の連中もそうですが、突っ張ることしか頭にないまま成人しましたからね。それが今になってこんなラフというか、一般人に見える格好――。最初は恥ずかしかったんですが、最近ではけっこう似合うんじゃないかって思い始めました」

田崎は、鬼塚から直々に入慧の側近を任されたときには、感無量で泣きそうだった。

しかし、それには若手の極道としては過酷な条件があると知って、本気で泣けた。

「――うん。普通に似合うと思うけど。だって、偶然田崎たちを見た職場の女の子とか、やたらに聞いてくるよ。兄弟なのか、親戚なのか、彼女はいるかって。仕事は何って聞かれて、思わず警備員って言っちゃったけど。そしたら制服姿もよさそうね、写真ないのって言われて、墓穴掘ったぐらいだからさ」

一見馬鹿馬鹿しいように思える条件が、いろいろな意味で入慧を守ることに繋がるのはわかっていたが、理性が少なく感情過多で生きてきた田崎には、やはり戸惑うことだった。

ただ、聞けば田崎たちが要求されたことを、鬼塚も過去にやってきた。

磐田や菫に任されたとはいえ、たった一人で田崎たち以上の立場を背負いながらだ。

「そう言っていただけると、嬉しいです。さ、どうぞ」

「ありがとう」

田崎は、入慧が研修中は、これが仕事と腹を決めた。

これまで着たことのない服を着て、髪型にも気を配った。

ただ、入慧は田崎たちがこんな努力していることにまったく気づいておらず、いつも「今日の服も似合うね」と無邪気に笑った。「なんだか学校の先輩と一緒にいるみたい」と心から側近たちを受け入れ、今日のように第三者が何か言ってきたときも報告してきた。

連れが褒められて嬉しいと、それはそれは嬉しそうに話してくれるものだから、田崎たちはいつの間にか力が入るようになった。

いつどこで誰に見られることがあっても、一緒にいる入慧が恥をかかないように、決して磐田の人間だと悟られないように徹底しようと、コンビニに行ったときにはエロ本だけではなくメンズ雑誌にも手を伸ばすようになったのだ。

「今日のお帰りは？」

「いきなり夜勤を頼まれたりしなければ、いつもと一緒かな」

「わかりました。では、また後ほどお迎えに上がります」

「よろしく」

入慧は、田崎他二人の舎弟に送られて、本家のある新宿からは少し離れた三鷹《みたか》方面にある聖南医大病院へ到着した。

一年にわたって木々の息吹や花々の美しさが堪能できる敷地内にある病院は四階建てのシンプルな造りで、外壁塗装が淡いピンク。いかにも大学病院ですという威圧感がなく、環境的にも景観的にも配慮が行き届いた病院だ。

しかも近隣地域には大学をはじめとする付属の小・中・高と学生寮までが建っていることもあり、入慧にとっては馴染みのある土地、第二のふるさとども呼べる場所だ。

『それにしても、毎日毎日…田崎たちも大変だよな。でも、俺が勤めてる間、あいつら何してるんだろう? やっさんの手伝いでもしてるのかな?』

田崎たちに病院の通用口から中に入るまでしっかりと見送られ、ここからは研修医・関入慧としての一日がスタートする。

「おはよう、関」

「おはようございます、豊島《とよしま》さん」

ロッカールームで着替えていると、一年上の研修医・豊島建一《けんいち》に声をかけられた。

聖南医大では白衣症候群(白衣姿を見ただけで、血圧が上昇する患者がいる)を考慮し、院長と副院長以外は白衣を着用しないのが決まりだ。

一年目の研修医と研修中の看護師は薄いピンク、二年目の研修医と准看護師は薄いクリーム、そして常勤医師と正看護師たちは薄いブルーと、制服だけで相手のクラスを見分けることができる。年功序列もはっきり出るが、入慧にとっては間違いがなくていいと感じるカラーコートシステムだ。

なにせ、豊島の制服は薄いクリーム。しかし彼は、これがなければ常勤の医師だと思い込んでしまう貫禄の持ち主だ。体格がいい上に姿勢がよく、落ち着きのある風貌のためだろうが、入慧と一つ違いには見えない。常勤医師でも若手ならば、先輩と間違えそうなほどだ。

「相変わらず笑顔が爽やかでイケメンだな、関は。そういや、女性陣が年末のスケジュールを気にしてたぞ。クリスマスを共にする相手はいるのか…って」

「そんな、それって豊島さんのことじゃないですか？　聖南医大、恋人にしたい男ナンバーワンだって聞きましたよ。しかもあの豊島建設の社長子息！　玉の輿狙われまくりだって」

見た目によらずノリの軽い話もしてくることから、誰にでも好かれる人気の研修医だ。

入慧もシフトの都合から会って話すのは時々だが、好感が持てる相手だ。

「おいおい、ごまかすなよ。もしかして、いないのか？」

「いますよ。っていっても、家でどんちゃん騒ぎってことですけどね。もしくは夜勤で居直りパーティーかな？」

「なんだよ、それ。あ、そういや関の家族は過保護なんだもんな。毎日誰かが送迎してくるって有名だし。聖南医大一の箱入り息子は伊達じゃないか」

「箱入り息子はひどいな～。洒落《しゃれ》にならないんですから、言っちゃ駄目ですよ」

とりとめもない話をしながら、入慧は指定色である薄いピンクの制服を羽織った。

医者といえば白衣のイメージを持っていた分、最初は入慧も戸惑った一着だ。

抵抗がないわけではなく、何もピンクから始まらなくてもとは思ったが、半年もすれば気にもならない。今日に至っては、振り袖よりは納得がいくというものだ。

「おはよー豊島」

「お疲れ、関」

しかも、ここでは入慧のことを誰一人「お嬢」とは呼ばない。当然「姐さん」とも「入慧さん」とも呼ぶことはない。

これは入慧にとって、無意識のうちに肩から力が抜けることだった。

本来なら、人の命を預かる職場に入ってリラックスするのも何か変だが、やはり呼ばれ慣れた名前に安心するのだろう。

入慧は笑顔で応え、豊島と共にロッカールームを出ると現場へ向かった。

「おはようございます。豊島先生。関先生」

だが、お嬢と同じほど馴染めないのがこの呼び名だった。

入慧はピンとこないのか、背後から声をかけてきたナースに気づけないでいる。

「おはようございます。おい、関！」

「あ、すみません。おはようございます」

豊島に言われてはっとした。

慌てて頭を下げたら、ナースが噴き出しながら通り過ぎていく。

「いい加減に慣れろよ」

「でも、まだ一人前じゃないし」

「一人前じゃなくても、研修医って肩書の医者だよ。決して医学生じゃない。先生っていうのが愛称じゃ困るんだから、そこは名実共にならないとな」

「はい」

豊島の言うことはもっともだが、慣れないものは慣れない。そうでなくても呼び名が多いせいか、しっくりこないものは耳から弾かれているのかもしれない。

「あ、関先生！　おはよー」

「おはよう」

入院病棟へ移動すると、入慧たちを見つけた小学生の女の子たちが駆け寄って来た。

「今日もかっこいいね。さすが私のお婿さんだわ」

「何が私のお婿さんよ。関先生は私と結婚するのよ」

「私よ」

「あ、駄目だって。仲良くしなきゃ」

普段は仲のいい同室の三人だったが、どうも入慧を前にすると敵対するらしい。元気になってきた証拠だろうが、小競り合いを始めてしまう。

「相変わらず、罪な男だな」

院内一のモテ男たる豊島も、このときばかりは丸無視されていた。さすがに少女たちから見ると大人すぎて、射程距離内には入っていない。そこへいくと入慧は、まだまだ近所のお兄さん的感覚なのだろう。

「ニヤニヤしないで止めてくださいよ。この子たちは入院患者なんですから」

入慧は豊島にふくれっ面を見せつつも、だが内心嫌な気はしていなかった。

たとえ相手が小学生でも、この年になるまで女の子に奪い合われた記憶がない。男子校での生活が長かった挙げ句の嫁入りだけに、一人の青年として異性に好かれるのはまんざらでもなかったのだ。

もっとも、それは女の子たちが相手だから思うことで、女性が相手ならお手上げだろう。真剣に言い寄られたところで、入慧には鬼塚がいる。鬼塚しか見えていない。

「ほらほら、回診が来るぞ。みんなベッドに戻って」

だからこそ、ちょっとした男心を満足させてくれるには、彼女たちぐらいがちょうどいい。好意を寄せられても安心できる入慧だった。

入慧が病院で仕事に励む頃、鬼塚は幹部たちと共に新宿の繁華街付近にある事務所にいた。

磐田会の総本部とも呼べる事務所は七階建ての自社ビルの中。そこには一階、二階が組員の経営する飲食店、三階、四階が事務所、そして五階から七階までが金融、不動産、クラブなどのテナントが入っていて、会議室は四階の一角に設置されている。上座の壁には大きく磐田の代紋が掲げられており、三十名程度までが楽に会談できる完全にビジネス仕様の一室だ。

そして総代・鬼塚から報告されたのは、先日の密会の件。元代議士である陶山と大手の建設会社・豊島建設の会長から聞かされた〝共通の敵かもしれない相手〟についてだった。

「都市部を買い叩き…って、水面下でそんなことが」

表立った立場のある二人が、あえて鬼塚に話を持ってきたのは、近年拡大し続ける中国資本の国内乱入についてだった。

一般的にも中国資本の成長が著しいのは周知のことだが、勢いに乗じて日本の主要都市部、銀座などの一等地が買い上げられていることまではあまり知られていない。街の景観そのものに変化があるわけではないので、地主が代わったところで気づきようもないのだろうが、幹部たちからすれば「それが俺たちとなんの関係があるのだ」と聞きたいところだ。

しかし、これが意外な形で関係していた。

経済の基盤となる土地をことごとく買い上げられては、低迷し続ける日本経済は回復どころではない。

そうでなくとも、中国資本が日本国内で利益を上げるということは、日本で得た円での利益を中国国内に持ち帰った場合、元に直せば物価の違いで何倍もの価値となる。

単純な話だが、東南アジアで貧困に喘《あえ》ぐ家庭の女性が違法行為を犯してまで日本へ出稼ぎに来るのは、円の価値が高いからだ。たとえ来日の手はずを調えてくれる闇のバイヤーに月給の大半を持っていかれたとしても、手元に残ったうちから月に数万円でも実家に送れば、家族がひと月暮らせてしまうのだ。何十年も前からそれほど通貨価値が違う。

だが、今回の話は一家族を養うためにどうこうというものではない。

急成長した中国資本が日本に投資しているというのは安易な見方で、日本で稼がれた円は、中国の元に換金されれば、中国本土で何倍もの価値になる。

そして、何倍もの価値となった元を中国本土で更に肥大化させて、再び日本に持ち込むときには日本経済に圧迫をかける存在となるのだ。

しかも、ここで経済の基盤となる土地を買い叩かれては、資源のない日本から限られた土地まで外資系に奪われるということだ。

陶山は元政治家の一人として、この現状を危惧した。

そして豊島建設の会長は、現在自社で持っている銀座や都市部の土地の買収を迫られ、応戦中だ。

折からの不景気で、大企業といえども苦しいのはどこも一緒。仕方なく手放す資産があっても、それは致し方ないことだと納得するが、問題は買い手とその手段だ。

豊島が買収を迫られている相手は、とてもではないが正規の取引を求めるようなタイプではなかった。「そこが欲しい」と思えば、ありとあらゆる手段で買い叩きに来るし、恐喝、脅迫もいとわない。そのために、豊島の知人の中には泣く泣く土地を手放した地主も出てきており、力尽くで地上げを強行されている状態だ。

だからこそ豊島会長は、陶山と共に鬼塚に訴えた。

自分のところだけなら、こんなことは言わない。

だが、このままでは人知れず銀座や都市部の一等地が買い叩かれていく。それも筋の通らないやり方で――これだけはどうにか食い止めたい。

戦後の日本の高度成長期を支えてきた世代として、やはり自分たちがここまでにしてきた日本は死守したい。不当な手段で奪われることだけは避けたい。これはもはや、経済の名を借りた侵略だ。向こうが手段を選ばないなら、こちらも手段は選んでいられない。

そんな強い思いもあって、二人は鬼塚率いる磐田会に、不当な買収をする者たちを一掃したい。だからその手助けをしてほしい。手下となって動いているマフィアだけでもいいから、片づけてほしいと懇願してきたのだ。

「でもまあ、言い方は悪いが、だからどうしたって話だな。もともと豊島建設だって地上げの繰り返しで、ここまで成長してきた会社だ。そういう豊島に都合のいいように動いていたのが陶山だ。弱い者いじめしてきたのは一緒だろうし、今更相手が外資系だから悪者だ。こっちは被害者なんだっていうのはなしだろう。結局悪い奴はどこの国にもいるし、いい奴もいる。このことに変わりはない」

しかし、久岡の言ったこともっともだった。

豊島建設は日本の復興や高度成長に欠かせない役割を担った会社の一つだったが、強引な都市開発のために陶山を使って国から許可を取り、ヤクザを使って地主たちの立ち退きを強行した上で、プランを成し遂げてきたのも事実だ。マフィアを使って地主を脅し、土地を買い叩いていく中国の資本家となんら変わりない。久岡の正当すぎるぼやきに、鬼塚も苦笑気味だ。

「俺もそう言って聞き流したかったんだがな、今回ばかりはそういうわけにもいかなかった。すでに火の粉はこっちまで飛んで来ている。無視してくれりゃ、資本家同士の醜い争いに足を突っ込むこともないんだが…」

「――――ってことは、陶山や豊島がどうにかしたい資本家たちと、俺たちをぶっ飛ばそうとした奴らが繋がってる。もしくは同一組織だったってことですか？」

「ああ。一応裏は取らせているが、今の段階でも否定できないことがいくつかある」

思わず煙草に手が伸びた。

鬼塚にしては珍しい。会議の場でこれを手にすることはあまりない。

そのことからも周りは何か普段とは違う様子を察知し、傍にいた側近は気を配りながらも煙草を構えた鬼塚に火を指し出す。

鬼塚は最初の一服を、溜息とも取れる形で紫煙と共に吐き出した。

「そもそも中国の資本家たちは、手に入れた日本の土地や建物に〝所場代〟なんて払う気はない。だが、この国には昔ながらのしきたりってもんが根強く残っている。特に繁華街がそうだ。銀座にしたって龍仁会をはじめとするいくつかの組ががっちりと地盤を固めているし、地主や公人のお偉いさんたちだって、風紀は乱したくないからあえて取り締まりなんてしない」

鬼塚は、なぜこんな話に自分たちが巻き込まれているのか、ゆっくりと説明し始めた。

「なにせ、どんなに頑張ったところで、警察だけで二十四時間完全に取り締まるのは不可能だってことは、長年その土地で商売をやってきた連中のほうがよくわかってる。確かに町中にヤクザがごろごろしているのは問題だ。しかし、それで加減を知らない素人が馬鹿な騒ぎを起こす前に押さえられてるのも事実だ。警察にしたって、いつどこで何をするかわからない素人に気を配って人員の配置を増やすなら、そこはヤクザに任せて、自分たちはヤクザだけ見張ってりゃいいってことになる。税金の無駄遣いも避けられるからな」

「しかし、総長。それならどうして龍仁会が狙われずに、うちが。確かにうちも銀座に多少のシマは持ってますが、目の上のこぶって言ったら、やはり龍仁会。竜ヶ崎でしょう」

いち早く理解をしたのだろう、八島が疑問を投げかける。

確かに言われてみればそうなのだ。豊島会長が先方から売却を強要されている土地は銀座の一等地。自社で大型のテナントビルを建てて賃貸にしているところが数ヶ所あるのだが、そこから所場代やみかじめ料を取っている組があるとすれば、それは真木が嫁いだ先の龍仁会だ。

八島が言うように磐田会が狙われるのは合点がいかない。まさか鬼塚を押さえることで真木を揺さぶり、最終的に竜ヶ崎をというには、あまりに遠回りだ。

すると鬼塚は、幾分頭を抱えるような仕草しながら、幹部たちに話を投げかけた。

「すまん。それは、豊島が訴えてきたから例に挙げただけだ。よく考えてみろ、銀座だってここ何年も不況っちゃ不況だ。向こうだって、どうせ買い叩くなら、もっと景気のいい場所がいいだろう。そうなったら、近年国内でも唯一地代が高騰したのはどこだ」

八島や久岡、朱鷺や佐原たちはそれぞれ顔を見合わせ、はっとする。

「――――まさか、池袋！」

「そうか。池袋駅の東口、沼田のシマの一つか。確か沼田の親父、こぢんまりはしてるがビルも持ってたよな⁉　しかも、流行のメイドパブだかキャバクラだか作ったから遊びに来い。ご主人様にしてやるぞって言われて、ふざけるなって話になったことがある。そうだよな、夏彦」

佐原と朱鷺が立て続けに夏彦のほうを見たものだから、残り全員の視線もいっせいに向けられた。

「っっっ。すみません。親父は単にノリがいいだけで、別に悪気は…。はい…っ」

「いや、メイドのことはいい。これまで何か、気づかなかったのかってことだ。豊島のほうはこんなにキリキリしてんのに、沼田じゃ変わった様子はなかったのか」

焦りと萎縮からか、場違いな言い訳をしている夏彦を八島が正す。

だが、夏彦もただ単に周囲の反応のために変な言い訳をしたわけではない。

「重ね重ねすみません。うちのほうは、ずいぶん前から一風変わった土地になっていたので。それに近年は外国人観光客も増えていますし、どこの国の人間が出入りしていても、これといっておかしいとは感じられなくて…。それに、地主が土地を買い叩かれたなんて話も聞いてませんし、かなり穏やかでした。当然うちにも買収の話なんか来た…あ！　そういえば、親父が丁重に断ったって…。ただ、そんな話が出たのが近年一度や二度じゃないんで、誰も気にしていませんでした。それぐらい、親父が襲撃されるまで何事もなく…」

こんなことが起こるなどという予兆は、自分たちにはわからなかった。

途中でそれらしい話も出たように思うのに、まったく危惧することがなかったことを恥じていたのだ。

夏彦はテーブルに両手をつくと、額がこすれるほど頭を下げる。

「――なるほどね。まあ、それもわからなくもないか。あそこだけは景気がいい土地だ。余程の理由がなければ手放す必要がない上に、たとえ遺産相続で税金が…なんてことになっても、銀行が金を出す。それでも手放すとなったら、余程いい条件だろうから、売った側に被害者意識なんか生まれない。騒ぐこともないから、新たな地主がごねない限り沼田だって気づきようもない」

「はい。それに、あのあたりはテナントの賃貸も多いです。そうなるとうちは借り主のほうから所場代を回収します。正直、誰が登記上の持ち主になったところで、直接かかわることもないので意識したこともなくて。外資系ブランドなんかの進出も普通にあることですし」

せっかく佐原がフォローをしてくれても、こんな説明しかできない。言い訳というよりは、これが事実。嘘も隠しもないすべてなのだろうが、夏彦はいたたまれないといった表情だ。

「まあ、これまでのまっとうな外資系なら気にすることもないよな。沼田もその程度のつもりでいたから、特別警戒することもないまま襲われる羽目になったんだろうし。実際、新田も絡んでのことだから、敵の目的が見えなくても無理はない」

しかしこの場に夏彦を責める者はいなかった。

「――――だが、今回の奴らは土地や建物どころか、そこに所場代まで取れるシステムが根付いているなら、丸ごといただきたいって奴らだった。特に沼田は、土地はそこそこかもしれないが、シマを持ってる。ついでに言うなら磐田会の古株でもある分、下手に騒ぎを起こすより、内部抗争を狙ったほうが都合がよかったんだろう。なにせ、あのまま沼田が逝って、内部抗争が起こっていたら、どさくさに紛れて土地から何から買い叩くどころか奪い取れる可能性もある。そうしたら自分が手を汚さずに、全部手に入る。一石三鳥だもんな」

「そりゃいくらなんでも虫がよすぎるだろう。挙げ句に、何が関東に風穴だ。ようは、買ってもいない土地の所場代まで横取りしようって腹だろうが、そうはいくか。ふざけやがって」

口々に一連の流れを追いながら、相手の用意周到さとずる賢さに怒りを漲《みなぎ》らせていく。

「総長、この際四の五の言わずにやっちまいましょうや。ここまでわかってるなら、ダイレクトに仕掛けたってありでしょう」

「そうそう。豊島に買収を仕掛けてきた資本家とかって奴に。そもそもマフィアを使ってるのもそいつらなんですよね⁉」

すると、血の気の多い組長たちから、鬼塚へ即物的な意見が出された。

立て続けに席を立ったのは五十代半ばの男たち。いずれもこの道三十年、元は俵藤を担いでいた側の者たちだ。

それもあってか、あえて卓には着かずに鬼塚の斜め後ろに席を取っていた俵藤は、煙草を吹かしながらも松坂と共に苦笑いを浮かべていた。

だが、そんな俵藤に誰も目がいかないのは、鬼塚が手にした煙草を咥《くわ》えて、似たような顔で黙り込んだからだ。

「どうかしたんですか、総長。まさか…、豊島に買収を迫ってる資本家って…」

鬼塚の様子から一つの確信を得たのは、八島だった。

「そうだ。李だ」

「なっ…」

やはり――と思っても、信じられない気持ちが八島の顔にも表れる。

八島だけではない。李飛龍を知る者は揃って動揺を隠せずにいた。

「李は、台北のマフィアなんじゃないんですか？」

李と面識のない者に至っては、尚更事情が摑めないといった顔だ。

「そのとおりだ。もともと李家っていうのは、中国資本を裏から支えてきたマフィアの一族で、どちらかと言えば大義名分のない争いはしないことを常としてきた一族だ。だから何かのときには交渉役に入ったり、それなりのフォローはするが、道理の通らない略奪や戦争はしない。ましてやアヘン戦争時代に先祖がえらい目に遭ったという理由から、薬の類には一切手を出さないっていう、まあ――向こうのマフィアにしちゃかなり風変わりな一族だ」

鬼塚は、すっかり灰の長くなったそれを灰皿に落とし、自分が知る限りの李飛龍を語る。

「だが、それでも今日まで成り立ってるのは、命がけで守ってきた〝まっとうな資産家たち〟からの信頼と謝礼のたまものだ。特に近年では、当主となった李飛龍が持ち前の商才を発揮し、自らカジノホテルの経営を始めた。これが当たって、今では青年実業家の仲間入りだ。何もマフィアなんてやってなくても充分稼げて、一族も養えるところまで上りつめている」

この段階で、李のことを知らない者でも、大した人物なのだと理解した。

説明した鬼塚自身が幹部たちにとっては、すでに若くして大成した人物だ。鬼塚がどう見るかで、彼らの見方も決まる。

しかし、だからこそ鬼塚が迷うと幹部たちも迷う。

「逆に、欲が出たってことでしょうか。表舞台に立ったことで、これまでにはなかったはずの欲や、それに伴う凶暴性が現れたってことなんですかね」

鬼塚は手にした煙草を揉み消すと、ますます苦しそうな笑みを浮かべる。

そして「――――だとしても、俺にはどうしても納得がいかない」と胸の内を明かし始めた。

そもそも李家は先祖代々の親日家で、第二次大戦の時代さえそれを貫いた一族だった。

特に現当主の飛龍は、関東連合の幹部会にも顔を出したこともあって、日本でビジネスパートナーは欲しいと思うが、無駄に争う気はまったくないと言いきった。

若いが仁義も道理もある、そういう漢だ。それだけに、言い方は悪いが儲け話に誘ってくるならまだわかる。「この際、俺たちでアジア経済界を牛耳らないか。まずは手始めに俺が中国を、お前たちが日本を」と、そう言われたなら李らしいなと笑っていられるのに、それがどうしたらこんなことになるのだと。鬼塚自身が一番戸惑っていることを晒してみせた。

「おいおい、鬼塚。これ以上、わかっててわからないふりするなよ。バージン気取りたい女じゃあるまいし」

するとと鬼塚の背後で一人、そっぽを向き続けていたかのように見えていた俵藤が、かけていた椅子を回転させながら言い放った。

「俵藤さん、口が過ぎます」

「うるせぇよ。こんなの本来なら、テメェが言うべきことだろう、八島。側近はただのお飾りか。鬼塚大事も大概にしやがれ」

俵藤が感情のままに肘掛けを叩く。これには鬼塚の表情も強張り、八島も口を噤《つぐ》んだ。

「李飛龍がそれほど信頼できる男だっていうなら、すでに消されてるってことだろう。生憎俺はそこまでの情報はないから、李がどんな男かは知らないし見たこともない。けど、磐田会の鬼塚賢吾が〝俺の敵になるはずがない〟って言いきるなら、これは余程の事情ができたか、誰かが成り代わって仕掛けてきたか、そう考えるしかないだろう」

誰もが同じことを考えながら、一瞬躊躇ったことは間違いがなかった。

あえて言葉にできなかったことを、俵藤は口にしたに過ぎない。

「まあ、それぐらいのことはわかっていて鬼塚も御託並べてんだろうが。だからって、このまま希望的観測で構えているわけにはいかない話だろう。いつまでも甘ちゃんな考えではいられねぇんだぞ。総代よ」

これは俵藤だから許される言い回しだが、幹部たちが同じように言うことはおろか、感じることも許されない。だが、ときとして鬼塚が持つ他人への深い信頼と優しさは、決断を鈍らせる甘さのように取られてしまうことがあるのは否めない。俵藤が言うように、それをカバーしてこそ側近だ。八島も痛いところを突かれて、反論の余地がない。

かといって、このままではいられない。八島は席を立つと鬼塚に進言した。

「総長、俺が台北へ飛びます。李の本家を調べ――――っ‼」

「出しゃばるな。お前は黙ってここにいろ。捜査と名のつくものなら、俺のがプロだ。ようは、今の李家がどうなってるのか、俺たちに喧嘩を売ってきたのが李飛龍本人なのか明確にしてくりゃいいんだろう？」

今日に限って、隣に座っていた久岡に腕を取られて引き戻される。

「駄目だ。行くなら俺が行く。この目で確かめる」

すると鬼塚が、ようやく強い口調で言い放つ。

躊躇う理由はいくつもあっただろうが、鬼塚の迷いの元はおそらくこれが一番だ。

誰かに行けと命じる気持ちがない。行くなら自分が行かなければ納得ができない。そんなわがままとも取られかねない感情のためだ。

「無茶言うな。そんな激ヤバな敵陣の視察に、大将自ら出向くなんてありえねぇ。行かせたほうが馬鹿呼ばわりされちまうじゃねぇか」

案の定、久岡に食ってかかられた。

こういうときに、遠慮のいらない関係にある男は扱いづらい。

「なら、こうするか。偵察には俺が行く。まだ娑婆に出てきたばかりだ、お前たちよりは顔も売れてねぇし、何より暇潰しになる。適任だろう」

だが、そもそも鬼塚相手に遠慮の必要を感じていない男はもっと手に負えない。

「しかし、俵藤さん」

「もちろん、小遣いぐらいは貰っていくぞ。相手はカジノホテルのオーナーなんだろう？　少しぐらいは儲けさせてやらねぇと、顔も見せてくれないだろうからな」

口調も態度も控えめだが、その目が「逆らうな」と言っている。

そもそもお前が俺に何か言える立場かと、こういうときだけ視線で訴えてくるから、鬼塚も奥歯を噛み締めることになる。

『俵藤さん…』

とはいえ、この中だけで話をするなら、俵藤は確かに適任だった。

現場から離れていた月日が長い上に、李が過去に来日したときにはすでに投獄されていた。

磐田の実権を握る者の一人としては、かなり認識が薄いだろう。

しかも、李に変な感情移入がない分、俵藤の捜査なら客観的だ。

何より鬼塚も彼の報告なら二つ返事で信頼、納得ができる。

「わかりました。それでは、台北に飛んでもらいます。今日にでも――」

一つの結論が出たところで、今日の会議は幕を閉じた。

俵藤には現地へ飛んでもらうが、それ以外の者たちにも、こちらで情報収集と最善の警戒が言い渡された。

そうして解散後、俵藤は松坂と自分に馴染みのある舎弟二名、そして鬼塚が選抜した鬼若の腕利き二名を従え、準備が整い次第台北へ飛ぶことになった。

「一応用心のため、赤坂プレジデントの松平社長に頼んでカジノホテルにデラックススイートを一週間押さえてもらいました。俵藤さんは松平社長の大事な客人ってことになってますんで、あまり羽目を外さないようお願いします」

相手が俵藤だけに、空港への見送りは鬼塚自身が買って出た。

いかにもヤクザの一行に見えないよう、鬼塚も社長を見送る秘書のような態度で接し、終始俵藤を苦笑いさせる。

もともとインテリジェントな風貌を持つ鬼塚だけに、ちょっとスーツの形を控えめにし、銀のフレームの眼鏡をかけるだけで極道の総長には見えない。

「あと、これはキャッシュで一千万。小遣いは現地で下ろすほうが安全かと思うので、こちらのカードを。暗証番号は――――です」

そうして空港に着くと、用意されたキャッシュ入りのバッグと銀行のカードが揃って俵藤に渡された。

「見送り大儀と言いたいところだが、お前がわざわざ来てどうする」

「しかし…」

「変にあれこれ考えるな。七年も大人しくさせられてきたんだ。少しはやんちゃもしたいさ、松坂共々よ」

ただ、どんなに鬼塚が気を遣って身なりを整えたところで、まるで気にしていない俵藤が相手ではフォローも半減だった。

荷物の受け渡しさえ、端から見たらカツアゲでもされているんじゃないかと通報されそうで、松坂をはじめとする舎弟たちは失笑気味だ。

「それに、俺はまだまだ隠居する気もねぇ。お前の相談役なんてポジションに置かれて、左うちわでふんぞり返ってるのも悪くねぇが、そういう性分でもねぇ。かといって、俺が張り切りすぎると、また変な夢を見る奴が出てきても困る。ま、お前に用立ててもらった小遣いは派手に使っちまうかもしれねぇが、そこは出所祝いだと思って見逃してくれ」

「わかりました。では、お願いします」

それでも時間が来れば、こんな立ち話もここまでだ。

「お前も、頼んだぞ」

どんなに控えめな姿をしていたところで、舎弟たちに俵藤の警護を命じてくる鬼塚の眼差しは、いつも以上に鋭いものになっている。

「はい」

舎弟を代表して松坂が会釈したところで、鬼塚の見送りは終わった。

鬼塚は距離を置いてガードしている舎弟たちに守られながら、何食わぬ顔で駐車場へ戻っていく。

そして、

「もしもし、俺だ。市原か。少し、面倒なことを頼みたいんだが――」

移動中にスーツの懐から取り出した携帯電話で、鬼塚は一人の男に連絡を取った。

〝待ってましたよ、声がかかるのを。一応、八島さんから定期的に話は振ってもらってたんで、中国政府の息のかかった企業株は買い進めています。近年成長株が多いんで、全体的に買いが先行してる分、特に疑われることもなく順調です。いざとなったら買収に踏み切れる企業をいくつか用意してますので〟

妙に声を弾ませて電話に出たのは、元磐田会の構成員で、鬼塚とは同期だった市原という男だった。

力ではなく頭で上納金を作る上手さは、鬼塚に負けず劣らず。俵藤が投獄されたのち、鬼塚の対抗馬として担がれることを懸念して磐田を離れたのだが、今では持ち前の才能を生かして投資会社の社長として手腕を振るっている。

八島がどんな話をしたかは知らないが、現時点でもこれだけの動きをしてくれる。

鬼塚が頼みたかったことを完全に先読みして動いてくれるあたり、味方にはしても敵にはしたくない典型のタイプだ。

「――なんだ、さすがだな。なら、ついでに俺が預けてる金を全部使ってもいいから、李家に関連してる企業株を押さえといてくれるか。俵藤さんを台北に送った。大した切り札にはならないかもしれないが、保険にしたいんだ」

なんの説明も必要なかったことで、鬼塚も率直に話を切り出した。

空港内を軽快に歩きながら電話をする鬼塚は、優れたビジネスマンにしか見えない。それでも護衛が鬼塚を見失うことがないのは、やはり彼が放つオーラが他とは違っているからだろう。

〝そら、高い保険料ですね。わかりました。なら、ストレートに台北にある李家のカジノホテルの本店を押さえられるように手を尽くしてみます。あそこは李が最初に起ち上げた分、他の支店や会社よりも株主が広範囲なんです。単純に無関係という投資家もいますが、縁故で投資を呼びかけた株主も多い。なので、李もここは未だに買い付け回収をしていません。今後も使える伝《つて》として残すために、あえて配当金で相手を儲けさせてますから、そこから崩します〟

「――――縁故だろう。できるか？」

〝ええ。ただし、相手に磐田会総長の名前は濁しますよ。李を取るか鬼塚を取るか、そこは秤にかけてもらわないと。タダでは決して動かない輩ばかりですから〟

だが、そんな鬼塚が電話を片手に不意に笑った。

「そりゃ、ふられたら世話ないな」

鬼塚の笑みと微かに聞こえてきた台詞の意味がわからなくて、舎弟たちはしばし困惑した。

〝そうならないことを祈っててください。では、早速〟

「頼んだぞ。俺もできることはしておく」

短い電話を終えると、鬼塚は携帯電話をスーツのポケットに戻した。

そして完全に駐車場まで移動すると、かけていた銀縁の眼鏡をも外してスーツの胸ポケットに戻し、代わりに取り出したサングラスをかけて、距離を置いていた舎弟たちに「もういいぞ」と合図した。

「帰る前に寄るところができた。悪いが、銀座に行ってくれ」

用心のために、運転手だけがあえてその場に残っていた黒塗りのベンツに乗り込むと、鬼塚はこのまま本宅に戻らないことを舎弟たちに告げた。

「市原社長のところですか、それとも龍仁会へ？」

「いや、カトレアバンクの本社だ」

「カトレアの本社ってことは、ブラックバンクですか⁉」

カトレアバンクは、誰もが知る日本の銀行であると同時に、世界で通用するカードを発行するクレジット会社だった。

だが、その裏では闇金を運営するようなヤクザ相手にさえ、暴利で金を貸して取り立てるような〝ブラックバンク〟を経営している。

舎弟が驚いたのも当然で、鬼塚どころか世界中の金の亡者が「ここだけは敵にしたくない」と名前を挙げる、今現在最高峰に位置しているだろう闇金融だ。

「総長、まさか最低一億からの貸し付けに、十日で一割も利息を取るようなところから借金する気ですか⁉　何か、余程のご入り用でも？」

「馬鹿言え。そんなことしたら、こっちの身が破滅だ。一億の借金が十日で一億一千万になるなんて、借りる奴の気が知れない」

鬼塚は深く腰掛けたシートに身体を預けると、ゆったりとした後部席で長い脚を組んだ。

「では…？」

舎弟から差し出された煙草を手にすると、火を貰いながら不敵に微笑む。

「これから起こるだろう争いには、否応なしに金が絡む。だが、いざってときに敵側に資金の貸し付けなんかされたら困るから、今のうちにたれ込んでおくんだよ。何が起こっても俺の敵には回るな。下手な奴に融資すれば、利息どころか元金の回収ができなくなるぞってな」

その後も鬼塚は、市原が動きやすいよう縁のある投資家への挨拶回りに余念がなかった。

それが敵陣へ送り込んだ俵藤への援護射撃、命を守る手段の一つでもあったから――。

＊＊＊

一口に挨拶回りと言っても、相手はある程度の金額を右から左へ流すことができるだけの人物だけに、鬼塚は顔を合わせて話をするまでに時間を取られた。

それが一ヶ所、二ヶ所ではないのだから、多忙になることはあっても時間に余裕ができることはない。中には電話一本で、先方から駆けつけて来るような関係の相手もいたが、そんな相手に対しても鬼塚は自分から出向いて、ことの重要さをアピールした。

また、深夜になると決まって赤坂プレジデントホテルの会員制の秘密カジノまで出向き、そこで松平社長に仲介を願い、毎晩世界のカジノで大金を落とすような人物たちとの交流にも励んだ。

それとなく台北のカジノホテルやオーナーの話題にも触れ、少しでも情報を得ようと自らも動いていたのだ。

「あれ、鬼塚は？　また今夜も帰ってないの？」

「しばらくは、こちらでゆっくりはできないようです。今日も日中戻られたのですが、シャワーと着替えだけですぐにお出かけになりました」

「そう。何か進展したってことかな。聞いてる？」

「すみません。生憎あっしらは、入慧さんと留守をしっかり守るようにとしか…」

「――――わかった。ありがとう」

しかし、こうなると仕事が終わって家に帰ったところですれ違いになり始めた入慧は、詳しい事情がわからないまま、不安と苛立ちを覚えた。

俵藤が舎弟数名と共に台北へ飛んだことは耳にしていた。おそらくチャイニーズマフィアに関して何かを得たか、または得るために出向いたかしたのだろう。そこまでなら想像がつく。

『なんだ、この分じゃしばらくは入れ違いかな。俺も夜勤とかあるし』

ただ、それ以上のこととなると、入慧には皆目見当もつかなかった。

そもそもパーティーが終わった夜にあれこれとごねたものだから、入慧はあの場で鬼塚がいっとき会場から消えたことは知っていたが、それがなんのためだったのか聞いていなかった。

あの夜に佐原がどうの、刺青がどうのと絡んでいなければ、寝間で陶山や豊島会長と密会があったことぐらいは聞けたのだろうが、これは言っても始まらない。

入慧にとっては目の前で次々と起こった姐同士のあれこれのほうが重要だった。溜め込んでいた鬱憤を鬼塚にぶちまけ、理解してもらうことしか頭になかったのだから仕方がない。

『結局俺にできることは、鬼塚に心配かけないこと。忙しく動く鬼塚の足を引っ張らないことぐらいしかないのかな――』

ただ、こうして一度話の矛先を見失ってしまうと、入慧は鬼塚が何をしているのか、さっぱりわからなくなってしまうことが寂しかった。

それこそ幹部会に同席を許されている佐原なら知ってるだろうことを自分は知らない。

他の幹部にこんな苛立ちや切なさは覚えないが、どうしても佐原に関しては感じてしまう。

同じ嫁なのに、姐なのに、この差はなんだ⁉

そう思うからだろうが、こればかりは頭から消去できない。

入慧は、自分がそもそも研修医という多忙な職を持っているところで、専業の姐になった佐原とは違うことに気づいていなかった。佐原が何かと幹部会に首を突っ込んでいるのは、元の職や情報網があるだけでなく、それができる時間があるのだ。

入慧だって時間さえあれば、同じようにできる可能性はあるはずなのだが、唇を尖らせたあたりで、そういう発想にはならない。

不本意ではあるが、現状としてはこれで我慢するしかないという結論に達して、仕事に励むしか術がなかった。

数日後のことだった。入慧は仕事終わりにロッカールームで豊島とかち合った。

「お疲れさん、関。今上がりか？」

「はい。今日はこれで」

「あ、お前これから時間あるか？」

「時間？」

「晩飯奢るから、ちょっと付き合ってほしいんだ。行ってみたい店があるんだけど、一人じゃ入りにくくて」

いつもと何ら変わらないやりとり、そして会話。もともと知り合いでもある二人は、こうしている間にも身内同士が共通の敵を相手に奮闘中とは知らされていないのだろうが、普段と変わりなく接していた。

「どんなお店なんですか？　まさか、女の子しか行かないような、超可愛いお店とか？」

「いや、俺が初めて第一助手で立ち会った患者さんのレストランなんだ。退院して、ようやく再開したって聞いたんだけど、一人で様子見に行くもどうかな…って。かえって、相手に気を遣わせても悪いから、通りすがりに偶然入ったみたいな感じで行けたらと思って」

これまでと変わったことが起こったとすれば、初めて個人的に誘われたこと。

だが、理由が理由だけに、入慧は特に何かを感じることはなかった。

「――そういう事情ですか。わかりました。それならお供します。豊島さんのその、気になるって気持ちは俺もわかるから」

「サンキュウ」

返した言葉のままだった。一年の差はあっても、接した患者に生じる思いは大差がない。むしろこんな心配や行動ができるのも、研修医のうちかもしれない。

お互い一人前の医師となったら、一人の患者に特別な気持ちや時間を費やすことは許されない。入慧に至っては、ここで充分な研修と実践が積めれば、いずれは裏社会に身を置く医師となるつもりだけに、尚のことだ。

「あ、でもその前に家に連絡しないといけないんで、ちょっと電話してきます」

「そうだな。夕飯の都合もあるもんな」

ただ、入慧が豊島と違うのは、周りの許可がなければ食事一つ行けないことだった。

『夕飯の都合っていうか、お供の都合っていうか。俺が鬼塚に黙って勝手なことすると、結局怒られるのは田崎たちだからな』

自分の意思だけで、同じ年頃の青年のような行動は取れない。思いつきや気まぐれで行動を起こせる自由がないということだ。

『鬼塚、いいって言うかな？　忘年会とか新年会とか前もってわかってることなら、気をつけて行けよって言ってくれるけど。こういう突発的なのって、そういえば初めてだしな』

入慧はいったんロッカールームを出ると、携帯電話の使用が許されている談話室近くに身を隠し、鬼塚に電話をした。

「あ、もしもし鬼塚。俺、実はさ――――」

忙しいことがわかっているときに――――とは思ったが、こういうきっかけでもなければ声を聞くことも叶わない。

口実がなければ、電話一本をかけることさえ躊躇ってしまう入慧にとっては、かえってよかったのかもしれない。

「どうかな、行っても…いい？」

たとえ「駄目だ」と言われても声が聞けただけで、残念な気持ちにはならない。

むしろなんとなく、なんとなくだが、鬼塚から「行くな」「早く家に帰っておけ」と言われるのも悪くない気がして。

〝そうか。わかった。なら、気をつけて行ってこい。田崎たちには俺から指示を出しておく。くれぐれも素人さんにバレないようにな〟

「ん。わかった。ありがとう」

しかし、少し迷ったふうではあったが、鬼塚は快く了解してくれた。

入慧は嬉しいと言うより、拍子抜けしたほうが大きかったが、それでも数日ぶりに聞いた声、交わした会話のおかげで、入慧の気持ちは明るくなった。

『なんだ、意外に簡単だな。まあ、夕飯だけだし、そこまでうるさく言うようなことでもないか。それにこれぐらい、普通はあって当然の付き合いだし』

即答でいいとも悪いとも言わず、鬼塚が少し迷ってくれたのが嬉しかった。

きっと組のことで頭がいっぱいいっぱいだろうに、ほんの数秒でも自分のことを考えてくれた。

悩んでくれた事実が嬉しくて、入慧は満面の笑みで豊島のところへ戻った。

「お待たせしました。じゃ、行きましょうか」

鬼塚から連絡を受けただろう田崎からは、すでにメールで「了解しました。安心してお出かけください」とスマイルマーク付きで一報も入ってきていた。

「――――悪いな、本当に。普段から特別親しいわけでもないのに、いきなり誘って」

「え⁉ それって、シフトの問題でしょう。今日は充分親しいじゃないですか。たぶん、明日はもっと親しいと思いますけど」

入慧は、安心して豊島と共に病院を出た。

たったこれだけのことなのに、なぜか足取りが軽かった。不思議と身体がふわふわとして、背中に羽でも生えたようだ。

「そっか。そりゃ、一本取られたな。でも、今のでどうして関が人気者なのか、なんか納得したよ」

「え?」

「お前、いい奴だな。もっと早くに誘ってればよかった。シフト自体は似たり寄ったりだったんだからさ」

「はは。俺もです。豊島先輩って、どこかピリピリして怖い人だと思ってたけど、実は違うし」

最寄り駅までの道のりを、他愛もない話をしながら歩いた。

忘年会や新年会では相乗りでタクシーを利用することが大半なので、入慧はこの道を車でしか通ったことがない。何もかもが新鮮に見えるのは物珍しさからだろうが、外を歩いただけでこんな調子だから、豊島も自然と足取りが軽くなる。

「そんなふうに見えるのか、俺」

「落ち着いていて、常に怖いぐらい緊張感があるっていう意味ですよ。でも、あの職場にいたら当たり前ですよね。ロッカールームや休憩室でばかり会ってたら、今と同じ印象だったと思うし」

「どんな？」

「気さくでノリがよくて取っつきやすい」

「ようは、軽そうってことか⁉」

「そういう意味じゃ――、どうかしましたか？」

日が落ち始めた秋の街並みが、やけに綺麗に見えた。

こんなふうに鬼塚と二人で歩けたらどれほどいいかと思ったが、ずいぶんタイミングよく豊島に目を伏せられてしまいドキリとした。悪気はなかったが、連れに対しては失礼なことを考えた自覚があるので、内心焦りまくりだ。

「いや、だから上手くいかなかったのかなって。女にふられたばかりなんだ。なんか、最初と印象が違うって。これって、緊張気味な俺のほうが好みで、砕けた感じは好きじゃないってことなんだろうけど」

急に気落ちしたのは入慧のせいではなかったようだが、入慧はそのことにホッとするより感情が高ぶった。

「そんな…。そんな理由で別れる人なら、気にすることないと思いますよ。それって、そもそも失礼じゃないですか、誰に対しても」

他人事ながら、そんな理由でと思うと腹が立った。

「関…」

「本当に好きなら最初の印象なんてどうでもよくなりますよ。たとえ相手にどんな欠点を見つけたとしても、それを含めて好きって感情になっていくと思うし。とにかく、俺はどっちもいけると思います。職場で凛とした豊島先輩も、仕事が終わってホッとした豊島先輩も！」

入慧は、長年大企業の社長秘書だと思い込んでいた鬼塚が極道だとわかっても、嫌いになることはなかった。

それどころか、隠し続けていたのだろう本当の姿が見られて、悦びさえ感じた。

今も昔も、鬼塚そのものが怖いと思ったことは一度もない。

入慧が怖いのは、鬼塚を母のような形で失うことだ。それ以外は何もない。

だが、人を心から愛するというのは、そういうことではないかと思っていた。

相手のすべてを受け入れて認めることで、自分の勝手な思い込みで都合のいい人格を求めることではない。入慧自身が何も知らなかったときに、鬼塚に対して〝永遠の足長お兄さん〟を求めたことがあるだけに、それは違うと感じていたのだ。

「そっか…。なんか照れるな。そう言われると。あ、どうせだ。今夜はケーキもつけてやるからな。関、けっこう好きだろう。差し入れ貰うと喜んで食べてたのを何度か見たから」

思いがけない入慧の剣幕に、豊島はかえって恐縮してしまった。ちょっとした愚痴だったのかもしれないのに、かえって大事になってしまい、入慧も申し訳なくなってきた。

「え、そういうつもりじゃ」

「気にするなって。実は俺、今日が誕生日なんだ。さすがに一人で食う気はしなかったけど、お前とならいいかなって」

しかも、次々に発覚する豊島の事情に、入慧は再び焦り始めた。

「っ…っ、じゃあ。家で家族の方が待ってるんじゃないですか⁉」

「この年で親のすねはかじってないよ。それに、医者になるって決めたときから、家族とは疎遠なんだ。家族は俺に建設業を継がせたかったから、医者になるって言ったら猛反対で。だから、早々に家を出ちまってさ」

こうなると、かける言葉もない。

言われてみれば豊島が豊島建設の御曹司だということは周知だ。普通の家なら息子が「医者になりたい」と言って医学部に受かれば万歳三唱だろうが、家業を継がせたい親からしたら、そうはいかないらしい。確かに建築業界と医学界では違いすぎる。

これならまだ極道に医学のほうが需要もありそうだ。

「そうだったんですか…」

さて、どうしたものかと思ううちに、入慧たちは最寄り駅に到着した。普段使ったことがないが、ＪＲ三鷹駅だ。

「ごめんな。こんな話ばっかりで」

「いえ。それより今から行くお店、今夜はお誕生会で寄ったってことにしましょうよ。そのほうがリアルでしょう」

ここからは中央線《ちゅうおうせん》で移動し隣の吉祥寺《きちじょうじ》へ。豊島が行きたいと願ったレストランは、駅から南口に下りてしばらく歩いたテナントビルに入っている。病院から直で歩いても移動できない距離ではなかったが、入慧は久しぶりに乗った電車に一人で舞い上がっていた。

それほど寮生活を始めてから、入慧は世間に出ることが限られていた。出たとしても装甲車クラスの改造がされた車で、前後左右を舎弟たちに守られた状態。どんなに田崎たちが気を配っても、今日ほどラフなことはない。

そんな個人的な喜びもあって、入慧の笑顔が絶えることがなかった。

「お誕生日、おめでとうございます」

「ありがとう。なんか、やっぱり嬉しいもんだな」

そうして到着したレストランでも、二人はオーナー家族に歓迎された。

七坪程度の小さなイタリア料理のレストランだったが、アットホームで気さくなお店だった。

実際会ってみると、入慧も何度か話をした記憶があった。とはいっても、入慧が担当外の患者にも拘わらず覚えていたのは、その中には小学三年生の女の子がいたからだ。

彼女は入慧に一目惚れしたのか、父親の見舞いに来るたびに、入慧を探して声をかけてきた。

星の王子様より白馬の王子様より聖南医大の王子様に夢中だったのだ。

「豊島先生、はい」

「ん？」

「パパの病気、治してくれたから。こっちは入慧先生に。もちろん、これは私の愛よ」

そうして一通り食事をし終えた頃、その子が自分で作った〝折り紙のバラの花束〟をテーブルまで持参し、豊島と入慧に差し出してきた。豊島にはオレンジや黄色をベースに、入慧には深紅と白をベースに。しっかり花言葉も添えていて、子供ながら気合が窺える。

「実は今度検診に行ったときに、と思っていたんです。ご迷惑かと思いますが、貰っていただけますか？」

「もちろんです。ありがとう。嬉しいよ」

「ありがとう」

母親に説明されて、照れくさくなりながらも受け取った。

「うん」

「あと、これはささやかですが私から。来られるのがわかっていたら、もう少し腕も振るえたんですが――なんて。これで精いっぱいな腕しかないですが」

そうするうちに、カウンターの奥からはバースデーケーキを手にした主人が現れた。普段から店で出しているティラミスをホール状のバースデーケーキに仕立てたものだが、ハーブやフルーツで飾られ綺麗な仕上がりだ。細長いキャンドルも飾られており、お祝いムード一色だ。

「とんでもない。こんなにしていただいたら、かえって申し訳ないですよ」

「いえ、こちらこそ。先生にはよくしていただいて、妻や子供のこともずいぶん気を遣っていただいて…、本当に感謝してます」

危篤で運び込まれた患者だっただけに、今こうしていることの幸せを心から噛み締めているのだろう。主人はケーキを出しながら深々と頭を下げた。

「そんな。俺はまだ見習いですし」

「私たちにとっては、立派な先生です。感謝しきれないぐらい身体も心も助けられたので」

「――――っ。ありがとうございます」

ほんのりと目が赤くなっていたのは、主人だけではなく豊島も一緒だ。

『すごっ。最高のプレゼントだ。どんなものより、絶対に嬉しい言葉だよな』

入慧は、その様子を見ていて、ますます気持ちが高ぶった。

『俺も頑張らなきゃ。身体も心も救えるような医者になりたい。鬼塚とみんなのためにも』

いい意味で高揚し、改めて自分が目標とするものがなんなのかを再確認した。

5

レストランのオーナー夫人がドリンク無料券や食事の割引券をくれたことがきっかけで、その後も入慧は豊島とシフトが合うと、ランチやディナーを楽しみに行った。

家族で営む店の居心地がよかったのもあるが、病院から気軽に行ける距離感が、二人を通わせた一番の理由だ。

〝え、また寄り道ですか？〟

「やっぱり駄目だよな。じゃ、断るよ」

とはいえ、入慧も続けては悪いだろうと最初は遠慮がちだった。

一言「もう駄目です」と言われれば、それで納得するつもりだった。

〝いえ、いいですよ。総長がお許しになっているんですし。それに、これまでこういうことがなかったのが、実は不思議なぐらいと言うか。かなり我慢されてたんじゃないかって、心配もしていたのでね〟

しかし、これまで鬼塚に言われるままの生活を続けてきた入慧に対して、田崎たちはとても協力的だった。

「っ…」

〝俺たちのことはお気になさらず、楽しんでください。お連れさんには決して気づかれないようお守りしますんで、どうか安心して〟

「ありがとう」

何か勘違いされている気がしたが、入慧は羽を伸ばしたときの自分の笑顔がどれほどのものか、自分ではわかっていなかった。それを見た田崎たちが少なからず衝撃を受けたこと、鬼塚に感じたままの気持ちを報告していたことを知らずにいたため、かえって疑心暗鬼に陥ったのだ。

『別に我慢なんかしてなかったけどな。そりゃ、トイレに行くのまでチェックされてるのは気が重いなってときがあるけど…。でも、そんなのあいつらのほうが絶対に大変だろうし…。俺は一人になることがなくて、むしろ寂しくないから嬉しいぐらいだしな』

確かに、仕事帰りに同僚と食事に行くだけで、入慧には楽しかった。

そもそも一人でぶらぶらと歩くだけで浮き足立っていたのだ、楽しくないわけがない。

だが、それでは普段の生活が窮屈だ、ストレスなのかと聞かれれば、それもまた違う。

入慧にとって田崎たちが傍にいるのは、すでに当然のことになっていた。

当たり前すぎて、特にニコニコすることもないので勘違いされたのだろうが、それを我慢と取られたことは、少し心外だった。

『でも、それってあいつらには、俺が無理してたように見えてたのかな。素人が気を遣ってとか、慣れない生活強いられてとか。だから鬼塚も許してくれてるのかな、帰りが遅くても。鬼塚の知らない誰かと一緒にいても――』

鬼塚は相変わらず忙しく動いている。入慧がどんな時間に帰ろうが、入れ違いになっているので、気にも留めていないのかもしれない。

だが、それでも一度や二度はともかく、三度目には「もう駄目だ」と言われると思っていただけに、入慧は与えられた自由にかえって不安を感じ始めた。それなら自主規制をすればいいだけなのだろうが、こうなると変な意地が出てきて、〝もういいよ。だったら自由にするよ〟となってしまう。

「関。今夜はうちに寄らないか？　ここからそんなに離れてないんだ。腰を落ち着けて飲めるし、話もできるから」

回を重ねるごとに、豊島の誘いも親しみを増してきたが、しかしこれはこんなもんだろうと理解していた。日頃から田崎たちの武勇伝ならぬ、やんちゃ時代の話を聞かされていたので、仲間同士で徹夜をする、朝まで遊びほうけたり、誰かの家で酒盛りしたりするのはごく普通のことで、むしろ入慧にとっては好奇心を擽られるばかりの誘いだった。

「あ、すみません。遅くなってもいいから帰宅だけはしろって言われてるんで」

『大姐さんに！』

ただ、ここに気軽に踏み込めなかったのは、開き直りよりも嫁の立場が優先されたからだった。最近の行動を読まれてか、やんわりと菫に釘を刺されていたことが、入慧の大暴走に歯止めをかけていたのだ。

「そっか。本当に大事にされてるんだな、関は」

「はい」

しかも、豊島も特に強引には誘ってこなかった。だから、安心して次も付き合える。

『大事にされてる…んだよな？』

ときおり無性に不安も込み上げたが、それでも入慧は何事もなく毎日を過ごしていた。

食事に出かける数も、四回、五回となっていたが、夜勤明けのランチも続いたことから、いつのまにか院内の食堂へ行くのと変わらない感覚になっていた。

少なくとも、久しぶりに夕飯を共にしようとした今日までは――――。

「入慧！」

入慧は豊島と一緒にいるところで声をかけられ、一瞬心臓が止まりかけた。

この声は、と思って振り返る。すると、案の定佐原だ。入慧は慌てて佐原の腕を掴んで、豊島からは距離を取った。

「久しぶり」

現職時代を思わせるスーツ姿は、普段着ている男着物より数段知的でやり手に見えた。だが、お供も連れずにどうしてこんなところに一人で現れたのかと考えれば、答えは案外簡単だ。

『あ、吉祥寺。ここは、朱鷺のシマか』

入慧に連れがいるから一人で声をかけてきたのであって、佐原の周辺には護衛が入慧と同じほどついているだろう。

そうでなくともここは朱鷺のシマだ。朱鷺組の者なら至るところに潜伏している。もしかしたら入慧が頻繁に出没するようになっていたのも、すでに朱鷺や佐原に筒抜けだったかもしれない。

「珍しいな。連れ?」

考えすぎかもしれないが、こうなると田崎たちが笑って「いいですよ」と言っていたのも、遊び場がここだったから。入慧にとっては比較的に安全な場所だったからかもしれない。

「勤め先の先輩だよ」

「へー。それにしちゃいい男だな。けど、よその男を構う暇があったら、鬼塚を構ってやったらどうだ? もしくは姐の心得勉強でもするとかさ」

箱入り息子はどこまでいっても、箱入り息子。単に、これまでより箱を大きくされていただけかもしれないと思うと、入慧はついつい〝遠慮して損した〟とふて腐れた。

「うるさいな。俺の勝手だろう」

「何、鬼塚に構ってもらえないのはお前のほうか? そういや忙しいもんな、ここのところ」

「うるさいって言ってるだろう。だいたい、連れがいるときに声をかけてくるなよ」

こんなときに現れたのが佐原だったことも災いしたが、入慧はさりげなく自分の行動の意図を見抜いてくる佐原が嫌で気が立った。

「いいじゃないか、俺なら素人にしか見えないし。親戚だとでも言っておけば。なんならこれから飯どうだ? 二人まとめて奢るぞ」

「大きなお世話だよ。お前こそ、俺を気にするぐらいなら亭主のほうを気にかけろ。気を抜くと浮気されるぞ、もう若くないんだからよ!」

「なっ」

佐原は元の性格がいただけないだけで、悪気がないのは充分承知していたが、なんにしても間が悪い。入慧は渾身の一撃とばかりに言い返すと、佐原が唖然とした一瞬に、その場から逃亡した。豊島の元へ戻った。

「知り合い？　よかったのか、振り切ってきたように見えたけど」

「あ、大丈夫です。よく親戚にいるでしょう、お節介なおばさんタイプって。会うと必ず、人を子供扱いするような。そういう相手なんで平気です」

今度は豊島の腕を引っ張り、足早にレストランへ向かう。

だが、これを最後に、しばらく吉祥寺はなしだと決めた。これでは遊んだ気にならない。仕事終わりの寄り道ぐらい、完全に箱の外から出たいと思って。

しかし――――そうそう思いどおりにしてくれないのが他の誰でもない、この佐原だった。

「なんでお前がここに現れるんだよ」

いったいどこで入慧のスケジュールを押さえてきたのか、佐原は次に入慧が寄り道を企んだ日時にぴたりと合わせて病院に現れた。

それも、さあ今夜はどこへ行こうか、たまには吉祥寺を通り越して、当然新宿などでは下車せずに東京《とうきょう》まで行ってみようかとなったときに、院内アナウンスで名指しだ。

わざわざ院長室の隣にある応接間まで呼び出されて、入慧は怒りで顔が真っ赤になった。

それを周りからは、〝彼女でも訪ねてきたのか〟と誤解をされ、ますます腹立たしいばかりだ。

「今日は暇なんだ。お前も暇そうだから、一緒に遊ぼうかと思って」

やはり浮気はともかく、若さに触れたのがまずかったのだろうか。佐原は応接間の革張り椅子にどっかり構えると、わざとらしいぐらいの笑顔で入慧を誘ってきた。

これはもう嫌がらせだ。それが証拠に、唯一佐原に同伴してきた側近・本間が両手を合わせて頭を下げまくっている。

だったら家に繋いでおけよと思うが、それができたらこうはならない。入慧もそれはわかっているので、本間には同情はしても怒る気にはなれなかった。

「他を当たれよ。俺は約束があるんだよ」

入慧は溜息交じりで、佐原を追い出しにかかった。

「それって、この前の男？」

佐原は微動だにしない。それどころか、本当はこれを聞きたかったのかということを、その後もずけずけと聞いてくる。

「男って言うな。先輩に失礼じゃないか」

「へー。一応、意識はしてるんだ」

「何がだよ」

「あいつは先輩であって、男じゃない。だから浮気相手にはならないって」

「何が言いたいんだよ」

「自分の立場を考えろ。たとえ職場の先輩、後輩であっても深入りはするな。特に男と二人きりでは出かけるな。自分が男と付き合ってるって事実を常に忘れるな」

しかも、ここまで来て説教かと思うと、入慧は余計に苛立った。

「お前だって、鬼塚が真木と二人で出かけたら嫌だろう。俺にさえ食ってかかってくるのに、もし鬼塚が、お前より若い美少年と仲良く飯食ってたらどうなんだよ」

わかってる。わかってる。わかってる。

佐原に言われるまでもなく、入慧にそれぐらいは自覚がある。

「そんなこと言ってたら、きりがないだろう」

「ならいいのかよ」

「そもそも鬼塚はそんなことしないし」

ただ、これを言われるなら、佐原にではなく鬼塚に言われたかった。簡単に「わかった。気をつけろ」と納得しないで、少しは危惧して「駄目だ」と言ってほしかった。

これも、信頼といえば信頼なのだろうが、入慧は自由にされる信頼よりも、まだまだ拘束される愛が欲しかった。何年もの時間をかけてここまで来たのだからこそ、過去の時間を払拭するぐらい、傍に置いてほしかったのだ。

「だったらお前もするなよ。勘違いや誤解をされてからじゃ遅いだろう。お前はいいかもしれないが相手が気の毒だ。ヤクザの親分から嫁の浮気相手と間違われるなんて、下手したらコンクリ抱えて海の底だぞ。最低でも骨の二、三本折られて、二度と近づくなってパターンだろう」

それなのに、自分のこんな気持ちに気づいているのは、鬼塚ではなく佐原のほうだ。言い方もやり方も好きになれないが、佐原のほうが鬼塚よりも、今の入慧の気持ちを余程理解している。寂しいなら俺が遊んでやるから、我慢しろ。今、鬼塚は手が放せない。それはお前もわかるだろう。

ようは、佐原がわざわざ言いに来たのはこういうことだ。

「考えすぎだよ。それに、鬼塚が出かけてもいいって言ったんだよ。舎弟たちだって、職場の人間と仲良くしたり、飯食いに行くぐらい問題ないって。なのに、お前が変な心配することなんか一つもないだろう。とにかく、帰れよ！　俺の邪魔するな」

ただ、それがわかるからこそ入慧は素直になれなかった。

はっきり言い捨てると、応接間を飛び出していった。

入慧には、佐原の気遣いが、いつでも幹部会に顔を出せる、朱鷺と一緒にいられるという余裕に見えて、どうしても受け入れることができなかった。常に気にかけてもらっている感謝よりも嫉妬ばかりが起こって、どうすることもできなかったのだ。

「そりゃ、毎回違う相手だったり、団体行動ならＯＫってことだろう。朱鷺だって俺が本間ばっかり連れ回したら、地味に妬くのに。なぁ、本間」

部屋に残された佐原は、困ったもんだと頭を抱えながら、席を立った。

「――――…私に聞かれても。というか、これ以上はかかわらないほうがよろしいんじゃ？　それこそ組長がふて腐れますよ。入慧さんのことばかり構っていると」

しかし、それ以上に頭を抱えていたのは、佐原を警護している本間だった。

鬼塚が入慧の気持ちに気づいてないというなら、佐原は朱鷺の気持ちに気づいてない。もしくはを大いに勘違いしている。

「そこまで小さい男じゃないって。とにかく、しばらくは構うぞ。田崎たちもいるから大丈夫だとは思うが、俺が気が気じゃないからさ」

都合よく捉えすぎているというのが相応しいかもしれないが、なんにしても朱鷺がやきもきしているのは確かだった。

「はい」

相手が鬼塚だろうが、入慧だろうが関係ない。あんまりないがしろにすると、いつか痛い目に遭うぞ、自分のほうこそ自宅監禁されるぞと懸念する本間だった。

＊＊＊

中国へ潜入した俵藤と鬼塚の間では、特にこれといったことがない限り、連絡はしないことになっていた。

敵かもしれないところへ乗り込むのだ。どんなに偽名を使ったところで、素性がバレないとも限らない。鬼塚が、俵藤に限られた連絡しか求めなかったのは、彼の身を第一に考えてこそ、案じたからこそ。そしてあえて答えを急がず、俵藤にも「それなりに時間をかけていい」と言ったのは、その間にできる限りの手はずを鬼塚自身が調えるためだった。

「そうですか。さすがに李家の内情、本人の状況までは見えてこないですか」

しかも鬼塚は、その連絡方法さえ、用心に用心を重ねていた。

あえて台北にも支店を持つカトレアバンク——ブラックバンクの社長に話を通すと、電話連絡をする場所として、台北支店の支店長室を借りられるようにした。

これなら盗聴されることなく話ができる。電話中に俵藤が襲われる危険もない。

さすがに台北支店に敵と通じる者がいたらどうにもならないが、そこまで気にしていては電話一本できなくなってしまうので、鬼塚は世界のカトレアバンクであり、ブラックバンクの社員選考と教育の確かさを信じるしかなかった。

〝ああ。この一週間で、かなり派手に遊ばせてもらったし、宿泊客としてはＶＩＰ扱いになった。立場を作った上で、松平社長の名前にも便乗して、東京の秘密カジノで会ったことがあるんだが、李社長とは会えないかって言ってみたが、多忙の一点張りで副社長が謝罪に来た。まあ、それもうさんくさいっちゃうさんくさいが、確信には繋がらない。お手上げだ。ただ、それとは別に今日はここまで来る途中に思いがけないものを見たぞ〟

「何を？」

そうしてやっとの思いでこぎ着けた第一報。俵藤は滞在中のカジノホテルでは何も掴めなかったようだが、町中で何かを掴んできた。

〝デッドゾーンの常習者だ〟

「っ⁉」

ただ、それは思いがけないものというよりは、とんでもない爆弾だった。ホテルで掴む情報よりも、李家の現状をまざまざと鬼塚に知らせるものだった。

〝どうしてかこっちじゃ大流行みたいだ。ちょっとした裏路地でも売買されているらしい。今のところは色を売ってる連中がテンションを上げるために使ってるみたいだが、なんにしたって驚きすぎて女ごと買っちまうところだった。さすがに松坂に止められたがな〟

受話器を手にした鬼塚の顔色が変わっていく。

鬼塚の傍にいた久岡や八島も眉を顰ませながら、目配せをし合う。

〝常習者なら目を見ればわかる。あんな、ところ構わず、恥も外聞もなくエロっちぃ状態になるのは、後にも先にもアレの作用しかないでしょうって怒られて。けど、ここは台北の中でも特にってぐらい、李家のお膝元だ。これが別の土地ならまだ決めつけるわけにはいかないが、ここで流行るっていうのは、もう…間違いないと思ってもいいんじゃねぇのか⁉〟

俵藤に問いかけられて、鬼塚が判断を下す。

「李家の方針が変わったか、他の組織にシマを取って代わられたかですね」

薬物の類を御法度とする李家だけに、これはもはや確定だった。

八島や久岡も、これ以上の裏付けはないとうなずき合う。

〝ああ。おそらく、身内でクーデターでも起こったと思うほうがしっくりくるな。町中を見る限り、李家の権威が落ちた気はしない。実際カジノホテルの経営も順調そうだ。社長も名前だけは飛龍のままだ。それにも拘わらず、本来ならここにあっちゃいけないもんが出回ってる。よりによって、俺がムショへ行く羽目になった極上の媚薬がな〟

ただ、このとき鬼塚が心を荒立てられたのは、李のことだけではなかった。

〝まあ、日本じゃお前らが頑張って、一度元締めを押さえたことで派手に出回ることはなくなったようだが、その分までこっちに流れているのかもしれない〟

よりにもよって、鬼塚が傍にいないときに限って、俵藤が再び魔性の媚薬〝デッドゾーン〟に出会ってしまったことだった。

「わかりました。では、すぐに戻ってください。それだけわかれば充分です」

鬼塚は、迷うことなく帰国を命じた。

〝それを俺に言うか〟

「はい。物事には優先順位があります。今回は、今の李家や李飛龍がどうなったのか、それだけわかればいい話です。デッドゾーンの流れにまで首を突っ込む必要はありません。台北でこれが流行っている――――それだけわかれば、俺の腹も決まりますから」

これまでにはない口調と強い意志で、俵藤には台北へ行った目的を誤るなと訴え、そして視線では八島や久岡に動けと指示を出した。

〝なら、今日にでも舎弟たちは帰らせる。俺はまだやることがあるから、ここに残るがな〟

「俵藤さん！　これは俺から命令です。全員、帰国。従ってもらいます」

〝だったら破門状でも書いておけ。あばよ、鬼塚〟

しかし、俵藤はその場で別れを告げてくると、電話を切った。

「俵藤さ――――っ」

ここから先は磐田会とは無関係、ただの一人の極道として行動すると断言し、鬼塚に永遠の別れとも取れる決別を告げてきた。

「総長、間一髪です。同行してる奴らに連絡して、俵藤さんを拘束させました。松坂さんには逃げられたらしいですが、とりあえず俵藤さんだけは」

「こっちは手下を台北へ送った。何が何でも俵藤と松坂を連れて帰ってこいってことで」

「そうか」

二人の素早い対応に、鬼塚も胸を撫で下ろした。

この場に八島や久岡が居合わせて何よりだった。鬼塚が一人で電話を受けていたら、間に合わない。俵藤をこの場で押さえることは叶わなかっただろう。

「日本を表裏から丸呑みしようって奴らだけでも面倒なのに、あれまで絡んでくるとはな」

それにしたって、話がますますややこしくなってきたとぼやいたのは久岡だった。

デッドゾーンが李家の資金源の一つになっているとすれば、今後も金に糸目をつけない攻撃をしてくる。カジノホテルを中心とした表立った稼ぎ、それ以外にも目に見えない収入があるとなると、今後は更に力と金の両方にものを言わせてくる。

「状況も態勢も改めて見直す必要が出てきましたね。場合によっては、デッドゾーンの出元そのものが李家だったという可能性も生まれますし」

しかも八島が危惧したように、万が一にも李家がデッドゾーンの製造元だった場合、すでにあれが闇市場に流れ始めて十年以上が経つ。これまでにどれほどの利益を上げているか、想像もつかない。

「そうだな。せめて製造元が別だといいが」

鬼塚は、これまで想定してきた〝最悪の事態〟が、もはや最悪ではないことを予感した。

が、そんなときだった。

「――――誰だ⁉」

気配を感じて、振り返る。すると、部屋の入り口に立っていたのは入慧だった。

すっかり気が立っていた鬼塚に声を荒らげられ、肩を窄《すぼ》ませている。

「あ、ごめん。ノックしないで…」

「いや、いい。それより今夜は同僚と食事じゃなかったのか？」

久しぶりに見るその姿に、誰より安堵してみせたのは鬼塚だった。

怒鳴って悪かったという顔をすると、そのまま中へ入れと手招きをする。

「ん。鬼塚の顔が見たくなったから、予定を変えたんだ。事務所に連絡したら、今ならいるって聞いて。それで…」

「そうか」

突然佐原に押しかけられて、入慧も遊びに行く気力をなくしたのだろう。

だったら空振りでもいい、今夜は自分のほうから鬼塚の顔を見に行ってみよう。さすがに一週間もすれ違いは辛い。行動ぐらいは起こしてみようと出向いてきたのだ。

「お嬢、こっち座る？」

「コーヒーでも飲むか？　淹れてやるぞ」

八島や久岡も快く入慧を迎える。

こんなときだからこそ、鬼塚や自分たちは冷静になる必要がある。入慧はいい清涼剤だ。

しかし、

「あのさ、鬼塚。今の話って、例の薬のことだよな。あれって、ずいぶん前から医学界でも話題になってるんだ。以前、あれを横流ししていた富田《とみた》っていう医者が捕まって、裁判のときに〝あれは未認可なだけでED治療薬だ〟って言い張っただろう。だから、そのことが引き金になって、内密に…検証もされて」

入慧はまた話を立ち聞きしたのか、鬼塚の傍へ歩み寄ると、自分が知ることを話し始めた。

「でも、その検証に携わった医師たちが、っていうか、その一人であるうちの院長が言ってたんだ。どう考えても、あれはヤクザやマフィアだけで開発できるような代物《しろもの》じゃないって。仮にそうだったとしても。専門分野に長けた人間が必ずかかわっている。おそらく、どこかの研究機関から資料が流出したか、もしくは研究者そのものが拉致《らち》されたかだろうけど。だったらどこで誰が作っているっていうよりは、誰ならこれを作れるだろうって視点で捜査するほうが、少しでも早く製造元にたどり着けるんじゃないかって」

「そうだな。けど、それならもう、とっくの昔に八島が調べた。だが、該当しそうな科学者や専門家の割り出しはできなかった」

何か役に立ちたくて仕方がないのだろうが、鬼塚にしてみれば〝家で大人しくしていてくれるのが一番の手伝い〟だ。それがわかるだけに、八島と久岡も部屋の隅に用意されていたコーヒーを淹れながら、苦笑いだ。

「それはあくまでも、外から調べたからだろう。俺なら中から調べられる。院長にも協力を頼めるし、どんな研究所、研究室でもアタックをかけて、変わったことがないか様子ぐらいは窺える。何より、同級生や先輩たちの伝をたどれば、医薬品会社とかにも潜入できるし……っ！」

このままでは何をしでかすかわからないと不安を覚えたのか、鬼塚がふいに入慧を抱き締めた。

「気持ちはありがたいが、興味を持つな。あれの密売ルートや販売元を暴こうとして、どれだけ被害者が出たと思ってるんだ。久岡でさえ、捜査中に殺されかかったぐらいだ。今だって、俵藤さん相手に俺が〝手を出すな〟と言ったほど厄介なものだ。お前が首を突っ込んでいいような代物じゃない。それこそ院長をはじめとする、何の関係もない人間を巻き込みかねない」

胸元に抱え込んで、髪を撫でつけながら説得する。

「でも…」

確かに入慧が言うのはもっともだった。

どんなに八島が有能であっても、入慧とは立場が違う。踏み込んでいける領域も違うだろう。

だが、それならそれで鬼塚は、それができる人間を別に用意するだけだ。入慧にわざわざ危険な真似をさせて、自分がビクビクしながら報告を待つ必要はどこにもない。

「だいたい、そんなことのために、俺はお前に医者になることを許したんじゃない。お前が磐田の役に立ちたい、武器の使い方を教わるよりも、いざってときに仲間を救える医術を身につけたいと言ったから許したんだ。田崎たちだって、その気持ちが嬉しいから命がけでお前を守ってる。毎日、毎日だ。そのことを忘れるな」

鬼塚は、まるで子供をあやすように入慧の髪を撫でつけて、そのまま額にキスをした。

その後は頬へ、唇へとキスをしていき、入慧の高ぶった感情を沈めていく。

「あと、これからしばらくは病院と家の往復だけにしろ。もう、充分気晴らしはしただろう」

そうして、入慧が落ち着くと、鬼塚は話題を変えた。

「え？」

「お前がどういうつもりで付き合ってるかは別として、男は本能で相手をかぎ分ける。その上なんに対しても期待する生き物だからな。ややこしいことになったら、泣くのはお前だ」

これから状況が険しくなるのもあるが、出かけている相手が毎回同じだという報告を受けて、危惧はしていたのだろう。入慧にとっては新鮮なだけの付き合い、同僚との食事かもしれないが、相手にとってはどうだかわからない。

入慧本人にはわかりづらいだろうが、入慧に心を奪われた鬼塚なら相手の気持ちも察しがつく。回を重ねるごとに、一緒にいたいと思う意味合いが変わってくる。それが経験上わかるからだ。

「――――それって、どんな侮辱だよ。だったら鬼塚はどうなんだよ。しょっちゅう一緒にいたら、八島や久岡にそんな気になるのかよ。朱鷺や佐原にも変な期待するのかよ」

しかし、佐原に言われ、似たようなことを鬼塚にまで言われてしまった入慧には、沈められた感情が再び荒立つだけの話だった。

入慧は鬼塚の胸を押すと、その腕から離れる。

「だから、先に〝かぎ分ける〟と言っただろう」

「なら、俺が外に出てまで、女に見られるって言いたいのかよ。それとも飯食ってるだけで、男を誘惑してるとでも⁉　ふざけるな‼」

「――――っ、入慧」

言い方が悪かっただけではなく、間も悪かったのだろう。

すっかり感情的になっている入慧に、鬼塚は「そうじゃなくて」と説明しようとするが、入慧はまったく聞く耳を持たない。

「俺の気持ちなんか…、何もわかってないくせに。俺のことなんか、そもそも考える暇もないくせに。そんなに言うならしっかり手元に置いとけよ。半端に囲ってないで、その腕でしっかり囲っておけって」

それどころか、澄んだ双眸に大粒の涙を溜めて、今にも零しそうになりながらも、それを堪えて部屋から出て行こうとする。

「変な想像するぐらいなら、舎弟に任せてないで自分が直接見張ってればいいのに。それもできないくせに、勝手なことばかり言うな‼」

鬼塚は、感情のままに鬱憤をぶつけてきた入慧に腕を伸ばすも、振り払われて逃げられた。

その場に引き留めることができず、思わず叫ぶ。

「それでもお前は磐田の人間だ、自分の立場だけは忘れるなよ!!」

最後に投げつけた台詞がこれでは、余計にふて腐れそうだったが、今はこれ以上言いようもなくて、鬼塚は重い溜息をついた。

拗ねるのは、ほんのいっときだろうと信じたかった。

「可愛いもんだな。いっそ全部取り上げて、屋敷に監禁しときゃいいのに。なまじっか自由にさせてるから、手に負えなくなるんじゃねぇのか?」

鬼塚は、久岡に淹れたてのコーヒーを差し出されて、そういやいたんだとハッとした。

「それができたらやってるよ。けどな、俺はあいつを…、一番外に出たい盛りに檻の中に十年も閉じ込めたんだぞ」

今更取り繕ったところでどうにもならないので、受け取ったコーヒーを口にする。

「俺に力がないために、おやっさんの隠し子だったあいつを守ってやれるだけのものがなかったがために、学生寮っていう檻の中に閉じ込めて。なのに今度は、屋敷に監禁しろってか」

嫌味なぐらい苦いのは、久岡の淹れ方が悪いだけで、豆のせいじゃない。

もしくは、鬼塚の苦々しいばかりの心情のせいだろう。

「だとしても、本人がそうされたがってるんならお前の価値観で自由にしたところで、食い違うばっかりだぞ。世の中には、自由になって初めて知る不自由の中の悦びってものも、あるしな」

久岡は普通に飲んでいた。ということは、自分の気持ちのせいかと判断したところで、八島が口にしたコーヒーを噴き出しかけた。

やはり、美味いはずのものをまずくした犯人は、久岡らしい。

「――――なんだ。それって入慧にかこつけて自分のことか。警察にいたほうがよかったって言ってるのか」

「いや。俺は刑事やってたときのほうが自由だったたし、好き勝手してた。今ほど他人の命なんか預かってなかったたし、育ての親が副警視総監だったたからな。七光りで大概のことは許された。楽って言ったら、公務員やってたときのがよっぽど楽だったって。今ほどの悦びはないけどな」

どうでもいいようなコーヒーの味に和まされて、八島と鬼塚は顔を見合わせて笑った。

二度と久岡にコーヒーは淹れさせない。新たに生まれた暗黙の了解だ。

「案外向こうじゃ、いい厄介払いができたと思ってんじゃないのか？」

「だろうな。俺はそうとうな問題児だったから。ま、なんにしてもまずは俵藤だな。デッドゾーンに関しては勝手にさせねぇ。あれに恨みがあるのは俵藤だけじゃねぇ。この際出元を摑んで、どうこうしようって腹だろうが、テメェ一人の勝手にさせるか」

そしてこれに関しては、俵藤も問題だが、久岡も問題だった。場合によってはこちらのほうが、目を光らせてなければいけない暴れん坊だ。

「こっちは育ての親を殺され、自分だって殺されかかってんだ。バイヤーの一人、二人始末したところで恨みなんか消えるか。ここで会ったが、ん年目だ。絶対に根絶やしにしてやる」

せめて近くにいる分自分たちが、無茶をしないように見張っておかなければと思うところだった。

それから三日が経った夜のことだった。

入慧は、先日土壇場でキャンセルした豊島から食事に誘われて、吉祥寺にあるレストランでディナーをすませた。

『何がかぎ分けるだ。期待させるだ。だったら俺を監禁でも何でもすればいいのに鬼塚の奴、結局何も変わらないじゃないか。放置しっぱなし！　だいたい佐原はいつまで尾行する気だよ。暇だな！　いっそ台北にでも行けばいいのに。俵藤のが構い甲斐《がい》もあるだろうによ』

未だにあれこれと不満は健在だったが、それでも知らない土地まで足を伸ばそうということはしなかった。

鬼塚が輪をかけて多忙になっているのは電話の立ち聞きで理解している。一応、家と病院の往復に徹しろとも言われた。ただ、それを丸ごと受け入れるのが腹立たしくて、少し広くなった箱の中でばたばた足掻く程度だ。それこそどこに舎弟がいるかわからない朱鷺のシマで、田崎以下三名に加えて佐原と本間までべったりなら、自宅に豊島を呼んだのと変わりないだろうという考えだ。

「関、今日こそちょっと家に寄らないか？」

「――――えっ？」

とはいえ、自宅と大差ない環境の中に、豊島だけのテリトリーがあるのは確かだった。

店を出た帰り道で突然肩を抱かれて、入慧は反射的に身を引いた。彼の腕を振り落とした。

「なんか、もしかして変な警戒されてるか？　それとも連日誘いすぎたか？　しつこいなとか、嫌になってきたか？」

よくよく考えれば、男同士で肩に手をかけるぐらい、普通にあることだ。これまでなら意識しなかったことに反応したのは、やはり鬼塚からの言葉が響いているからだろう。

「いえ、そんなことは。ただ、あんまり遅くなると、家の者が…と思っただけで…」

「あ、そっか。関のうちは厳しいんだっけ。というよりは、関自身が自宅大好きタイプだもんな。ちゃんと帰さないと嫌われちまうか」

「いや、嫌うことはないですけど——家は、好きかも」

しかも、何気なく言われて、答えて、気がついた。

『あ、そっか…。俺、あの家が好きなんだ。だから、田崎たちが言うようにストレスは感じてないんだ』

どんなに意地になっても、腹が立っても、束縛されたいと思うのは鬼塚だけじゃなく、家もそこに住む人間も好きだからだ。

「あ、こっち抜けると駅に近いぞ」

「はい」

ずっと寮生活を続けてきた不自由さとは違う。半年以上暮らしてみて、入慧にとっては充分居心地がいいから、嫌われてもいいほどの無茶はしようと思わない。考えも寄らない。

「ところで関はさ――――なんだ、お前たち？」

だが、そんなことをぼんやりと考えているうちに、入慧はいかにも柄の悪そうな男たちに前後を塞《ふさ》がれた。

『しまった。どこの組の奴らだ⁉』

気づいたときには、まったく見覚えのない路地裏にいた。

普段なら決して歩くことのない道だが、だとしてもどうしてこんなことになっているのかわからない。

「どけや。用があんのは、そっちのガキだけや」

相手は関西系だ。入慧を目的にしているということは、素人ではない。顔までわかっているとなると、播磨《はりま》か鬼栄会《きえいかい》あたりの東京支部の者かもしれない。

「何⁉」

「駄目だ、逃げろ。俺のことはいいから早く逃げろ」

咄嗟に豊島が入慧を後ろ手に庇《かば》うが、入慧はそれを押しのけ豊島だけでも逃がそうとした。

この段階で田崎たちが駆けつけていない。佐原も本間も現れない。となれば、自分で回避するしかないが、素人だけは巻き込めないというのが、本能的に働いた。

「そんなことできるか」

「いいから、逃げろって‼」

入慧は豊島の腕を取ると、自ら突破口を開くべく後方の男たちに突っ込んだ。

壁のように並んでいた男たちの一部を勢いで崩すと、わずかに開いた隙間から豊島を先に追いやろうとした。

「入慧‼」

「佐原っ！」

するとう、人垣を割ったことが功を奏したのか、入慧の視界に佐原と本間が飛び込んできた。

「ここは任せて、逃げろ」

「だったら豊島先輩を頼む。あいつらの狙いは俺だけだ」

乱闘は完全に本間任せの佐原は、この場からまずは入慧と豊島を逃がそうとして二人の腕を引っ張った。

「馬鹿言え、表通りに出れば逃げ切れる。とにかくそいつを連れて逃げろ‼」

「っ…っ」

ここで揉めても仕方がない。入慧は佐原の言葉に従った。

「逃がすか、こらっ」

「お前らの相手はこっちだ」

ざっと見ても、入慧と豊島を囲んだ男たちは前後合わせて十人はいた。

本間一人で大丈夫かと不安はあるが、それなら尚更入慧は表通りを目指さなければならなかった。人目のあるところで「助けて」と叫べば、ここは朱鷺のシマだ。近くに田崎たちもいるかもしれない。

「だったらテメェから始末してやるよ」

「っ――――っ」

しかし、入慧が豊島の手を引き、前方から駆けつけた田崎たちと合流したときだった。

「いた！　入慧さん!!」

「姐さん――――っ」

田崎と本間の声が前後で被った。しかも、入慧の背後から響いたのは本間の悲鳴だ。

咄嗟に入慧が振り向くと、本間の腕の中で身を崩していたのは佐原だった。

入慧と豊島は反射的に倒れた佐原の元へ走る。

「おら、テメェら!!」

両手を塞がれた本間を援護するように、田崎たちが男たちを蹴散らしていく。

「ここか、どうした!?」

「佐原姐さん!!」

騒ぎを聞きつけ、朱鷺組の者まで駆けつけると、さすがに襲ってきた男たちもちりぢりに逃げていった。

「待てや、こらっ!!　テメェら全員――――ぶっ殺す！」

苦痛に満ちた本間の怒号が上がるも、男たちはその場から姿を消した。

「佐原、佐原!!」

入慧の目の前に残ったのは、腹部を刺されて血に染まる佐原だった。

6

佐原はすぐさま聖南医大へ運ばれ、治療を受けた。

入慧と豊島の手により適切な応急処置をされていたこともあり、大事には至らなかった。

それがわかった段階で、豊島は自宅へ帰された。入慧もまた知らせを受けた鬼塚の指示で、いったん本宅へ戻され、まずは自室に軟禁となった。

そして、手術後も眠り続ける佐原が移された個室に鬼塚が到着すると、

「すまなかった、朱鷺。俺の監視が行き届かなかったばかりに、こんなことに」

鬼塚は開口一番、付き添っていた朱鷺に謝罪した。

「いえ、今日のは、こいつの自業自得ですから。それに、こっちも本間をつけてました。それなのにこのざまです。総長から頭下げられる理由は一つもありません。むしろ、こいつらが傍にいながら、こんなことになって――――。本当にすみませんでした」

しかし、そんな鬼塚を前に両手をついたのは朱鷺のほうだった。

自分のシマで、よりにもよって入慧が襲われた。それも見当違いな心配のためとはいえ、入慧には佐原がうっとうしいほどつきまとっていた。当然本間も同行しており、朱鷺からすれば自分の側近が傍にいながらの失態ということになる。

その上、佐原が街へ出ている段階で、舎弟たちは普段以上に気を配っていたはずだ。それにも

拘わらずこの有様、土下座でも足りないと自身を責めるのが朱鷺という男だったのだ。

「やめろって。お前が膝を折る必要はどこにもない。もっと困る奴らが出てくるだけだ」

「しかし、総長」

鬼塚が朱鷺の腕を取り、無理矢理立たせせた。

「総長、少しだけ、よろしいでしょうか。朱鷺組長にお詫びを…」

と、そんなときに、個室の出入り口から声をかけてきたのは、田崎を筆頭にした入慧の側近たちだった。

「あ、入れ――っ⁉」

許しを得た男たち四人は、部屋へ入るなりその場で土下座に及んだ。

両手をついた男たちの左手には、すでに白い布が巻かれて血が滲んでいる。

「朱鷺組長、このたびは本当にすみませんでした。全部、私らの失態です。入慧さんや総長には、なんの責任もありません。どうか、お怒りのすべては私たちに…。どんなことでもいたします。まずはこれをお納めください。この場を汚してはと思い、別室で落としてきました」

田崎が代表し、謝罪と共に朱鷺へ向けて差し出したのは、手のひらほどの大きさにたたまれたさらし。二つ折りの中を開くと、そこには落とされた四本の小指の先が包まれていた。

「っ、馬鹿野郎、誰がこんなことしろって言った！　今すぐつけてもらってこい‼　まだ間に合う」

さすがに朱鷺の顔色が変わった。

「すみませんっ。すみませんでした。大事な姐さん巻き込んで！」

「朱鷺組長…。俺らがついていながら、本当にすみませんでした‼」

しかし、そんな顔色を見る余地もなく、田崎たちは額を床にこすりつけて謝罪し続けていた。

護衛中に入慧を見失っただけでも大罪だろうに、その上暴漢に襲われ、助けに入った佐原が刺されたのだ。田崎たちにとっては、身の置き場もない状態だ。

朱鷺も田崎たちの気持ちがわかるだけに、どうしていいのかわからない。

「…っ」

すると、その様子を黙って見ていた鬼塚が、突然動いた。

「朱鷺、悪いがこれで許してやってくれ。こうでもしなきゃ、逆に何するかわからねぇ奴らだ。お前の口から、これ以上はもういいと言ってやってくれないか」

「…っ、はい」

ここが病院だというのに、鬼塚は田崎たちの指を元に戻そうという考えはない。それどころか田崎たちの心情を汲み、朱鷺にも納得してくれと願い出た。

「それからこいつは俺が預かりたいんだが、いいか」

「はい？」

だが、だからといって鬼塚が落とされた指をそのままにしておくことはなかった。

中を確認したさらしを二つ折りに戻すと、それを拾い上げてスーツの懐へしまい込んだ。

重いと感じた。こんなに重いさらしを胸に入れたことは、これまでに一度もない。

鬼塚は、懐に手を当てながら、今はその重みにじっと堪えた。

「俺は俺で、あいつにけじめをつけさせる。悪いが朱鷺、至急襲ってきた奴らの確認と、追跡を頼む」

「わかりました」

こうして、終始冷静に対応はしている鬼塚だったが、朱鷺には彼の怒気が否と言うほど伝わってきていた。それも、全身から怒りの炎が吹き上げそうなほどだ。

「総長、入慧さんにはどうか、何も」

いったいその怒りが、これからどこへ向けられるのか。田崎も同じことを感じたのだろう、顔を上げると声を荒らげた。

「それは俺が決めることだ。お前らは当分謹慎だ。俺がいいと言うまでは自宅待機だ」

しかし、こうと決めた鬼塚が揺らぐことはない。失態を犯した舎弟に怒鳴るわけでもなければ、威嚇するでもない鬼塚の態度が、逆に田崎の背筋を凍りつかせた。

「総長…」

「いいな。これ以上手間をかけさせるなよ」

これまで見たことがない鬼塚の態度だっただけに、これから入慧がどんなけじめを迫られるのか、田崎は指を落としたばかりの左手よりも胸のほうが痛んだ。

いっそ自分が半殺しにでもされるほうがどれほど楽かと、その後は行き場のない悲嘆から泣き伏した。

朱鷺はただじっと、嘆《なげ》く男たちの姿を見守り続けた。


あんなことがあったにも拘わらず、今夜は静寂な夜だった。

漆黒の空に昇る月が美しすぎて、鬼塚には何やら皮肉めいて見えた。

「お帰りなさいませ」

沈痛な趣で本宅に戻った鬼塚は、一人の男を同行させていた。

「入慧はどうした」

「言われたとおり、自室のほうに。でっ…、この方は…」

出迎えに出た舎弟の一人が両手をつきながら、どこかで見た覚えのある連れを見上げて、怪訝そうな顔をした。

「客人だ。しばらく滞在するから世話を頼む」

「っ、総長？」

しばらく滞在するという男の手には、確かに大きな荷物があった。

だが、舎弟が気にかけたのは男が手にしていたもう一つの荷物。おそらく仕事道具一式が入ってるのだろう、年季の入った木箱のほうだった。

「一慶…。まさか、総長…」

箱の角に彫られた名前を見つけて、舎弟は思わず鬼塚のあとを追った。

反省を言い渡された入慧が閉じ込められている部屋へ向かい、そして鬼塚のあとについて、室内に足を踏み入れる。

「鬼塚、佐原は⁉」

入慧は三名ほどの舎弟に監視されながら、居間でじっと座っていた。

現れた鬼塚の姿を見ると、最初に佐原の状態を確認する。

「特に変わりない。お前の見立てどおりだ」

「…そうっ、よかった」

致命傷ではない。出血のわりには傷も浅かった。それは応急処置に当たった段階でわかっていたが、どこで何が起こるかわからないのも医療の世界だ。百％の大丈夫や安全がない世界だけに、不安は不安だった。特にあんな形で負った怪我だけに、入慧は佐原の無事と一日も早い回復以外、祈れることがない。

「その分、朱鷺は死にそうな顔してたけどな」

「っ…、ごめん。俺のせいで…。俺のせいで、佐原が…」

今も、こうして謝るしかできないものかと自らを責めたが、他に何も見つからない。朱鷺や佐原、他の者にも何一つ謝罪していない状態で帰宅を強いられた入慧にできることがあるとすれば、まずはこの場で鬼塚に謝ることぐらいしかなかったのだ。

「勘違いすんな。朱鷺が顔色を変えたのは、こいつのせいだ」

しかし、途方に暮れる入慧の前に、鬼塚は懐から出したさらしを置いた。

「――――っ!!」

血が滲んだそれに包まれていた指を見せられ、入慧は悲鳴も上がらないまま身を引いた。

職場で目にする衝撃とは、あまりに違った。

どうしてこんなものが、いったいこれは誰のものなのか、頭が真っ白で何も浮かばない。

外科医を目指す医師としてなら、今すぐにでも接合手術をすればと思うところが、この場だけは何も浮かばない。入慧は血の気が引くばかりだった。

「田崎たちが、朱鷺への詫びに落としたんだ。お前や俺に責任はない。佐原がこんなことになったのは、全部自分たちの責任だって言ってな」

すると、これらの指が誰のものか、鬼塚から明かされた。

入慧はただ愕然とした。無意識のうちに涙が溢れて、止まらない。

「だが、俺はそうは思わない。今夜のことは、お前が勝手をしなければ、起こらなかったことだ。そもそも俺がお前を自由にしてなきゃ、たとえ襲われたとしても、佐原たちまで巻き込むことはなかった。あいつらに、こんなことをさせる羽目になったのは、結局俺の甘さだ」

鬼塚は、今にも身を崩しそうな入慧の胸元を掴み上げると、息の根が止まるかと思うほど、きつく締め上げてきた。

「くっっ!!」

「普段から何があっても路地裏は歩くなと言ってあったはずだ。どうして守らなかった」

鬼塚の憤りが、ここに来てすべて入慧に向けられた。

入慧にしてみれば、何を言われても答えることができなかった。あのときばかりは、どこを歩いていたのか、気づかなかった。ただ、それだけのことだ。

「言い方は悪いが、これでも刺されたのが佐原でよかったんだ。万が一にも素人を巻き込んでいたらどうするつもりだった。お前は磐田の人間だって、すでに極道なんだって自覚が未だにないのか!!」

誰を巻き込むつもりもなかったし、そもそも入慧はあの場が安全な場所だと信じて疑っていなかった。まさか襲われるとは考えてもいなかったので、責められても返す言葉も出ない。

釈明する気はないが、説明さえできない状態だ。

「しかも、田崎たちの目を眩《くら》ませて、いったいあの男とどこへ行くつもりだった？　あんなホテルの目と鼻の先で。お前は俺の女だって自覚さえないのか、どうなんだ入慧!!」

ましてや、「安心していい」と笑い続けてくれた田崎たちがはぐれていたなんて、誰が思うだろうか。駅への近道に選んだだけの道沿いにホテルがあったとして、どうしてそれで鬼塚への愛まで疑われなければならないのだろうか。

入慧は、今夜のことは確かに自分も悪いと思った。だが、理不尽な言いがかりにしか聞こえない部分も多く、つい鬼塚を見上げて睨みつけてしまう。

「結局、口で言ってもわからなかった。お前には目に見える証ってやつがなければわからないってことを、俺が気づいてなかったのが一番悪いってことなんだろうけどな」

しかし、それが更に鬼塚の怒りを煽ってしまったのだろう。入慧は締め上げられた胸ぐらを解放されると同時に、その場で力いっぱい放り出された。

「一慶!!　こいつの身体に俺のものだと、この磐田会総長・鬼塚賢吾のものだとわかるような印を入れろ。できればこいつが一番自覚できるような、目につくところにだ」

鬼塚は入慧の傍から離れるように立ち上がると、無情な命令だけを残して、部屋を出て行こうとする。

「はい」

鬼塚の命令に冷ややかな口調で返事をしたのは、鬼塚より少し若いだろうか。美しくも冷酷な眼差しを持った男、一慶だった。

そう、彫り師・鬼塚一慶が唯一この世に残した愛弟子だ。

入慧は、この名前を聞いた瞬間、これから自分が何をされるのかを悟った。

「お前ら、完成するまで入慧をここから出すんじゃねぇぞ」

「っ、しかし、総長！」

そして、それは傍にいた舎弟も同じだったのだろう。どうかそれだけは考え直してほしい、入慧にむごいことをしないでほしいといっせいに懇願した。

言葉に出せない分、全員が土下座で許しを請うた。

「わかったな」

「――…はい」

だが、決定を変えることのない鬼塚に、逆らえる者などいなかった。

舎弟たちは鬼塚が部屋を出ると、困惑するまま入慧のほうへ向き直る。

「入慧さん。どうして、なんで総長にもっと謝らなかったんですか」

「そうですよ。今ならまだ間に合います。俺らもいっしょに謝りますから、ね!! お嬢」

誰が言っても駄目なら、本人に言わせるしかない。入慧に泣き縋らせても、撤回させるしかない。舎弟たちは、このままでは入慧に刺青という一生消えない傷がつくことを、受け入れることができなかった。鬼塚に今一度謝罪することを進言し、できることなら回避したいと入慧本人に訴えた。

「――――それで、田崎たちの指が戻るのかよ」

だが、すでに入慧は覚悟したあとだ。

「お嬢!!」

「何を言われたって、俺が悪いよ。鬼塚は悪くない。他の誰も悪くない」

入慧自身、鬼塚に言いたいことはあった。

言い訳ではなく、事実無根なことに関しては、ちゃんと説明させてほしかった。

「入慧さん…っ」

しかし、入慧の前には鬼塚が残していった〝田崎たちのけじめ〟があった。

結局お前は口で言ってもわからなかったと、鬼塚を失望させた事実があった。

これ以上、どんな現実があるだろうか?

入慧には、「ある」とはおこがましくて言えなかった。いったんすべてを受け入れた上で、これだけは違うと訴える方法しかないと思えたのだ。

「そんな、襲ってきた奴らが一番悪いに決まってるじゃないですか。第一、田崎さんたちが入慧さんを守るのは仕事です。失敗すれば責任を取るのは当然のことだし、ましてやいざってときに仕事が果たせず、代わりに佐原さんがだなんて――」

もちろん、舎弟たちが言うのも事実だった。

何を目的にしていたのか不明だが、あいつらが現れなければ、何事もなかった。

誰もがこんな思いをしなくてすんだ。田崎たちだって、精いっぱい務めてきた仕事で失態など犯さなくてすんだ。

「こんなの、朱鷺組長や総長だからこの程度ですんでるんであって、他の組だったら何されるかわからないですよ!!　田崎さんたちだって、そこは充分承知してます。むしろ、これで許されたんだとしたら、心苦しいぐらいだと…」

しかし、どんなに舎弟たちが訴えたところで、入慧には鬼塚が発した言葉のほうが重かった。

彼らにとって鬼塚の言葉が絶対なのと同じで、入慧にとっても鬼塚の言葉がすべてなのだ。

「お嬢。頼みますから。総長の情けに縋ってください。ちゃんと、本当のこと言ってください。こんな事態を想像してなかったことなんて、みんなわかりますって。総長だって、ああは言ってもお嬢に傷なんか…」

怒られるより何をされるより、失望されたことが痛かった。

胸がギリギリとして、今にも呼吸が止まりそうだ。

「もういいって。もう――――」

「お嬢」

「そうだよ。俺はこんなことになるなんて、思ってなかった。佐原が刺されて、田崎たちがこんな形で責任を取るなんて、それで鬼塚や朱鷺まで辛い思いするなんて想像もしてなかったよ。したこともなかった」

入慧は、舎弟たちが求めるままに本心を口にし、言葉し、自分が犯した過《あやま》ちが明らかになった気がした。

「けど、だから〝お前はわかってない〟って言われたんだよ。自分が置かれた立場も、その意味も、本当に…なんにもわかってなかったんだなって…、鬼塚を失望させたんだよ」

そう、今夜のことは想定していなければいけなかったのだ。

どうして田崎たちが毎日毎日入慧を護衛しているのかといえば、予告もなしに襲撃される立場に入慧がいるからだ。このことを基本にしなければいけなかったのだ。

「入慧さん」

「ごめん。俺、鬼塚のものだってことの意味を、磐田の姐なんだってことの意味を、履き違えていた。勘違いしたまま田崎たちに、お前たちに、命がけで守ってもらってた」

入慧はここへ来て半年以上、一度として今夜のような目には遭ったことがなかった。

それはなんの不満もなく病院と自宅の往復を繰り返していたからだろうが、不満がないなら、それを繰り返していればよかったのだ。自分に何もないということは、同行している田崎たちにも何もないということだ。当たり前のことだが、これはすごく大切なことだ。

入慧が自分を気にかけ守ることが、田崎たちをも守ることに繋がっていた。

そのことに気づけなかったから、入慧は感情の赴くままふらふらと出歩き、結果的にはこうなった。せめて鬼塚が「もういいだろう」と言ったところで、やめておけばよかったのだ。

誘われたところで断れない相手でもないのだから、鬼塚が変に疑ったと取らずに、少しは焼きもちを焼いてくれてるんだろうかと思えば、入慧だって素直に従えたはずだ。

むしろ、「わかったから、これからも事務所に来ていい？」「用がなくても、顔だけ見に来ていい？」と聞いていれば、誰も傷つかずにすんだのだ。

誰も――――。

「刺青は、前から入れたいって言ってたのを鬼塚に止められてた。鬼塚は、お前を傷つけたくないからだって反対してたけど、本当は…全部見抜いてたんだな。これを許したら、こいつはそれで極道気取りになるって。本当の意味もわからないまま、これで磐田の姐だって、鬼塚の女だって思い上がるだけだって…」

入慧は、自分が素直になれなかった。佐原にいらない嫉妬をした。たったこれだけのことが引き起こしただろう経過に結果、そして代償の大きさに、後悔の文字ではすまないものを感じた。

このままでは鬼塚に嫌われるのではないかと、不安も起こった。

「やめてください。そこまで疑ったら総長が気の毒ですよ」

「っ⁉」

するとそれは舎弟たちから否定された。

「総長は、ただ…大事にしたかっただけです。傷一つつけずに守りたかっただけです。でも、それじゃあ結局守りきれない。巡りに巡って、こんな形でお嬢が傷つく。周りも傷つく。それがわかったから、心を鬼にしたに過ぎませんよ」

いつか鬼塚が言ったように、ただただ綺麗なままの入慧を守りたかった。そしてそれは俺たちだって同じなんだと、強い視線で訴えられる。

「融通の利かない世界ですが、田崎さんたちが指を落としたのは、自身の責任やけじめのためです。二度と同じ過ちをしないための戒《いまし》めです。何より自分たちのせいで、総長や朱鷺組長が他から甘く見られるようなことがあったら、そのほうが辛いから…。今回は…、自ら行動したに過ぎないと思います」

何度となく、箱入り息子と言われたから、子供扱いされているような気にはなったが。しかしそれは、入慧がそれほど鬼塚や舎弟たちに守られていたということだ。

大切に、誰より愛情深く育まれてきたということだ。

「それに、そういう気持ちまで全部見とおしてるから、総長は田崎さんたちからけじめを受け取った。代わりに入慧さんにもけじめをつけさせることで、自分も痛みを分け合うことを選んだ。どう考えたって、自分を傷つけるより痛いですよ、入慧さんに傷をつけるなんて。それこそ田崎さんたちだって、このまま入慧さんがそんなことになったら――、どうしていいのかわからなくなります。ますます奴ら、自分たちのことを責めますよ」

言われてみればもっともな話で、鬼塚だって辛いのは一緒だろう。

むしろ多方面に対してけじめもバランスも取らなければならないのだ、限られた選択を強いられることもあるだろう。

「それでも俺は、そんな…、命乞いみたいな真似はできないよ。ちゃんと俺自身の反省とけじめと戒めを込めて、痛みを分かち合わなかったら、この先ここにもいられないよ」

「入慧さん」

だが、入慧はすべての思いを踏まえた上で、今回は鬼塚からの罰を受けることにした。

今日のことを忘れないため、二度と同じ過ちを犯さないため、自分の身体にけじめと新たな決意を刻み込みたいのだと舎弟たちにも伝えた。

「もちろん、〝ホテルがどうこう〟なんていうのは、鬼塚の勘違いだって言うよ。そんな偶然まで、俺のせいにされたらたまらないし。そもそもぼんやりしてて、周りなんか見てなかったから、あんな奴らに襲われることになったんだし――――。俺は、磐田の姐であることを忘れることがあっても、鬼塚のものだってことを忘れたことなんて一度もない。でも、鬼塚が総長なんだってことを軽んじたから、田崎たちの仕事や責任も軽んじたから、こんなことになった。それは確かだから、俺は…もっと自覚しなきゃいけない」

そして、その痛みに耐えたあとに、この濡れ衣だけは晴らすと言いきって、精いっぱいの笑顔を浮かべた。

「入慧さん」

「けど、今から入れてもらうのは、お前たちと一緒に生きる証だから。一生、傍にいるって証だから。それをお前たちも見届けて」

その間、一慶は入慧たちの話に耳を傾ける様子もなく、淡々と道具の準備をしていた。用意してきたのは、和彫りの道具一式。

決して短時間でタトゥーを入れるような電動器具ではない。

「そろそろ、とりかかってもいいかな」

「――はい」


今夜は皮肉なくらい月が綺麗な夜だった。

入慧の左胸には下書きから丸二日をかけて、〝鬼塚のもの〟だとわかる証が刻まれた。


〝もしもし。終わりました〟

鬼塚はその間、事務所に泊まり込んで、台北の状況に気を配っていた。

「思ったより早かったな」

市原の水面下に回って経済面からのアタックがいつでも仕掛けられるよう、その手はずにも余念がなかった。兵隊自体はいつでも戦闘態勢に入れる構えが、すでに傘下の組長たちによって整えられている。

〝箱入りのお嬢さんだって聞いてたから、ペインレスタトゥーにでもしなきゃ駄目かと思いましたが、必要ないって怒られました。最初に針を刺したときに一度だけうめきましたけど、あとは最後まで歯を食いしばってました〟

そんな状況の中で受けた一慶からの電話は、鬼塚にとっては胸苦しいものでしかなかった。決して終わっても安堵できるようなことではなかった。

〝さすが磐田先代の息子さんだ。いや、鬼の嫁と言うべきなのかな。あ、でも、しばらくは見ないでくださいね。本人にも言いましたが、こすったりぶつけたりしたら大変です。雑菌が入っても、仕上がりに影響しますから、くれぐれも落ち着くまではセックスなんて駄目ですよ。あれを傷にするか、芸術にするかは、ここ二、三日にかかってますので――じゃあ。これで〟

あれほど入慧に刺青は駄目だ、ありのままの姿でいろと言ったのは自分だったのに、鬼塚は一慶から作業中の様子を聞かされ、今後のケアに関しての注意まで受けると、吸いかけの煙草を握り締めていた。

『ふっ。何が芸術だ』

こんな気持ちで手のひらを焼くのは、何年ぶりだろうか？

どうにも我慢ができずに無垢《むく》な入慧を手にかけた、初めて抱いてしまった日以来だろうか？

『あんなものは、傷だ。どんなに見事な絵だろうが、身体にとっては害でしかない傷だ』

今更入慧を一般社会に戻すつもりなど毛頭ないが、それでも〝もう戻せない〟と思うと、鬼塚の胸は痛んだ。

この二日間、入慧が受けた痛みがこんなものではないとわかる経験があるだけに、今だけは自らの手のひらを焦がすことで、胸の痛みをごまかした。

＊＊＊

一方、腹部を刺された事実だけを捉えるなら、一番重傷のようにも思える佐原だが、ベッドの上で大人しくしていたのは一日もなかった。

おそらくこのことを知れば、何をしでかすかわからない。危惧した朱鷺が田崎たちとの経緯を佐原に話して聞かせたのは、病院に運ばれて三日が過ぎてからだった。

「誰が誰に指を落とせって言ったんだよ。こんな掠り傷のために、ふざけるのも大概にしろ」

案の定、佐原は猛烈にキレた。

術後で意識のなかった自分の枕元で、そんなやりとりがされていたなど想像もしていなかったのだろう。知らされたときの衝撃も半端なものではなかった。当たる先がないものだから、報告してきた朱鷺に、差し入れられたコミックスを力いっぱい投げつける始末だ。

しかし、朱鷺も今回ばかりは黙っていなかった。

投げられたコミックスを鮮やかにキャッチすると、それを佐原に戻しながら、ガンと睨んだ。

「これでも本間だけは、力尽くで止めたんだよ。お前までそんなことしたら、ますます田崎たちの立場がなくなる。総長も辛い。騒ぎが大きくなるだけで、いいことがない。だから、せいぜい頭丸める程度にしとけって。説得するのに俺の拳まで痛んだほどだ」

いっときとはいえ、誰もが自虐に走るものだから、朱鷺だってそれを止めるのに大変だった。朱鷺からすれば被害者の夫のような、職務怠慢を極めた社員の上司のような、とにかくどういう立場で対応すればよいのか戸惑う状態が続いた。

それこそ謝ったり謝られたり、けじめがどうこう、見舞い金がどうこう。

目まぐるしいばかりの対応に追われてしまい、今回は佐原をただの被害者にはしておけなかったのだ。

「けどな、お嬢ほど懲りてもらわなきゃいけねぇのは、お前も一緒だ。確かに今回は、お前たちがいなかったら、お嬢はどうなってたかわからない。下手すりゃ素人が巻き込まれて、もっと大事になっただろう。が、だとしても、お前が本間より前に出なければ、こんなことにはならなかったんだ。仮にそれで本間が刺されたとしたって、ここまで話は大きくならない。本間なら総長の大事な人を守った名誉の負傷ですむ。けど、お前が刺された日には、朱鷺の女を犠牲にしたってことになる。これだけ漢がいながら、総長の女を朱鷺の女に守らせた。挙げ句に、その女にまで傷つけられた役立たずっていう烙印を、あいつら全員に押すことになるんだ」

余程鬱憤が溜まっていたのか、朱鷺が佐原に言い返す隙さえ与えないのは珍しいことだ。

「ついでに言うなら、俺と総長は〝女の躾一つできてない漢〟ってことになる。わかるか、この意味が。お前らの勝手な行動のために、舎弟たちに指詰めさせる羽目になった俺たちだって、ずたボロだ」

これには看護と護衛に当たっていた舎弟たちも目を丸くしていた。

「――女、女って言うなよ。俺は男だ。入慧だって男だ。お前らの勝手な男気の世界のために、生まれ持った本能まで変えられるか。咄嗟の行動力までセーブできねぇよ。なにせ、生憎俺には、きゃーなんて悲鳴上げて逃げるような遺伝子は一つも組み込まれてねぇからな」

「ああそうかよ。けどな、そういうおかしな男気だの仁義、任侠まで含めて、お前もお嬢も極道の女になったんだよ。それも命知らずな舎弟を抱えた男のものにだ。お飾り人形になれとは言わないし、言ったところでなれないのはわかってるが、この際その賢い頭に叩き込んどけ」

ようやく佐原が反撃かと思えば、朱鷺は間髪をいれずに言い返す。

「男にとって、女を殺られるほど屈辱的なことはない。ましてや女子供を犠牲にするほど恥辱的なこともない。少なくとも、亭主が元気なうちは大人しく守られとけ。どうしてもお前が守る側に回るとしたら、俺の代行に立つときだ」

しかも、追撃。

「あとは、せいぜい女しかいないところで襲われるような目に遭ったときだけだ。男が傍にいるときは守られることに徹してろ。そのほうが男は活気づくし、統率もとれる。わかったな」

更に追撃。

そもそもこんなに朱鷺がしゃべることがないだけに、舎弟たちは目を丸くしながらも、口で佐原を封じた組長に、なんだか心から拍手を送りたくなった。

「幼稚な発想だな」

今度こそ佐原が反撃・猛攻かと思えば、唇を尖らせただけで、なぜか大人しい。

「極道なんてそんなもんだ。そもそも本能が理性で抑えられるぐらいなら、まっとうな道を進んでる。賢い大人が、わざわざ裏街道を歩くか」

「けど、そういう馬鹿に付き合って、まっとうな道を捨てたほうはもっと馬鹿だってこと、この際お前も覚えといたほうがいいぞ。ついでに言うなら、そもそも俺がどういう質の男かわかってて引き込んだのも、お前だ。舎弟が可愛かったら、今からでも――――んんっ」

徐々に饒舌《じょうぜつ》になってきたかと思ば、今度は口で口封じ。

朱鷺は拍車がかかるのを阻止するように、佐原の唇を奪った。

「お前は俺に後追いさせたいのか。一歩間違えば、あの世行きだったんだぞ」

舎弟の目など気にしない。

「追ってくるのは勝手だが、俺を殺った奴ら、組ごと道連れにしてこいよ。手ぶらで追っかけてきたら、叩き帰すからな」

「佐原――――、んっっ」

すると佐原も同じようにキスで返した。

これは朱鷺がしゃべりまくるより珍しい。今日の戦いはいったいどうなっているのかと、見ている舎弟たちもハラハラだ。決してキスシーンをラブシーンとは捉えておらず、戦闘シーンの一環として見ているところが、日々の朱鷺家の内情を窺わせる。

「いい加減に説教より飯寄こせ。腹減った」

だが、佐原の誘惑には理由があった。

「許可が出るまで飲食物の持ち込みは禁止だ」

「ヤクザが、何とぼけたこと言ってんだよ。笑ってトカレフを密輸する奴が、病室におにぎりの一個も持ち込めないわけがないだろう」

希望が叶わないと、途端に吠えた。

「法律は破っても命は取られないが、ここの医者は言うこと聞かなかったら、次は受け入れ拒否するんだよ。お前一人のために、磐田会全員が立ち入り禁止になったら、俺の首一つじゃ責任が取れねぇからな」

しかし朱鷺も負けてない。理由が理由だけに、佐原も「ちっ」と、舌打ち一つで諦める。

「わがまま言いたかったら、早く快《よ》くなれ。みんな心配してるんだ」

「だったらせめて暇潰しに麻雀…」

いや、佐原に諦めと退屈の文字はないらしい。

「少し大人しくしとけって言ってるだろう。いい加減にしねぇと地獄見せんぞ、コラッ」

「うわ、ヤクザらしい。なんか、久しぶりに聞いたな、そういうの～」

「――――っっっ」

こうなると、軍配がどちらに上がるのか、目に見えた。

「組長、いつになったら気づくんだろうな。暇潰しに遊ばれてること」

「惚れた弱みだな。一生気づかないだろう」

「姐さんが、すでに入院初日の夜から当直の先生方と花札やってたって知ったら、絶対に凹むだろうな」

「ん。軽く入院代の三倍は巻き上げてるってわかったら、組長の性格じゃどこにも足を向けて寝られなくなるだろうしな」

舎弟たちのこそこそ話は、朱鷺には気の毒で、とてもではないが聞かせられない。

「誰か、組長の居場所知ってるか？　携帯が繋がらないんだけど…」

と、そんなところへ舎弟の一人が駆けつけた。

「どうした？」

「あ、組長。襲ってきた奴らの身元がわかりました」

捜していた朱鷺と出くわし、慌てて背筋を正す。が、一刻も早く報告したかったので、これは嬉しいバッティングだ。

「播磨組だ⁉」

しかし、報告を受けて、朱鷺は「今度は関西極道か」と、力いっぱい嫌そうな顔をした。てっきり沼田襲撃同様、李家の回し者、金で雇われた素人という線で洗っていたので、ここで他組の名前が出たのは拍子抜けだ。理由がなくても喧嘩を売ってくるのが得意な組だけに、単純に嫌がらせで絡んできたのか、何の目的もないのかと、ますます頭を抱えそうだ。

「はい。姐さんに言われたとおりに、裏を取りました。間違いありません」

「―――誰に何を言われたって？」

しかも、ここでの黒幕がわかると、美丈夫な顔の眉間にしわが寄った。

「っ…すみません。姐さんがどうしても自分で仕返ししたいって言うんで…、その」

使える舎弟をフォローするつもりか、佐原はベッドサイドからノートパソコンを出してくる。

「知り合いに根回しして、関西極道の顔写真、ありったけこいつに送ってもらったんだ。で、発見。俺を刺したのこいつに間違いないから、身元を当たらせた。さすがにぺーぺーすぎて、資料に名前も載ってなかったんで、骨を折らせることになったけどな」

入院三日目にして、この完備。佐原は画面に写真を呼び出すと、今にも怒鳴りそうな朱鷺に、ニコリと笑った。

「あ、俺に説教する暇があったら、こいつをとっ捕まえに行けよ。それが鬼塚総長から言いつけられた、お前の仕事だろう。早くしないと消されるかもしれないし。なにせ、利用するだけ利用して、失敗したらスパンと行くのが向こうのやり方だからな」

ここで捲し立てる時間があったら、仕事しろと言いきるあたりは、完全な鬼嫁だ。

「ただし、こいつがまだ詫びぐらいで生きているなら、これは播磨が勝手にやってきたことか、もしくはマフィアとタッグを組んだって考えてもいいかもしれない」

「播磨とタッグだ⁉」

「ああ。どこにだって〝利害の一致〟っていうのはあるだろう。特に俵藤が拾ったネタには、恐ろしく双方に結束力を生む力があるじゃないか」

しかも、佐原はただの鬼嫁ではない。ときには極道以上に極道な顔をする極嫁だ。

「――――デッドゾーンか。って、なんでお前がそんなことまで知ってる」

「元事務官に真顔で聞くな。現役時代の裁判だったんだから、富田に関する起訴内容やその後の進行ぐらい、俺だって知ってるよ」

そもそもの情報網が朱鷺とは違う。裏の情報ならまだまだ朱鷺のほうが事情通だが、いったん公になった情報の収集に関しては、誰も佐原に敵わない。間違いなく、磐田会一だ。

「…っ」

「ってことで、なんにしても俺の敵討ち、よろしく」

結局今日も、佐原は亭主元気で留守がよかった。

朱鷺で遊び終えると、とっとと病室から追い出し、仕事に走らせる。

「姐さん…。言うとおり調べてきたんですから、約束ですよ。こっそりおにぎりも買ってきましたから、これ以上は…もう。大人しくしててください」

しかも、情報を持ってきた舎弟には、しっかり食品の持ち込みもさせたらしい。佐原は病院食のおかゆに飽きていたせいもあって、即行でおにぎりにパクつきだす。

「えー。どうしようっかな…。あともう一つ気になることがあるんだよな～」

「男と男の約束だって言ったでしょう。おにぎり、持って帰っちゃいますよ」

「なら、鬼塚に頼むからいいよ。刺された腹が痛いって言えば、なんでもするだろうし」

それでも満足しないのは、やはり佐原。

「っっっ、わかりましたよ。もう一つだけですよ。何を調べればいいんですか」

「初めからそう言えよ。こいつだ。こいつの身元を調べてほしい」

半泣きで使われている舎弟にパソコンの画面を向けると、新たな男の写真を数枚表示してみせた。

「誰なんです？」

「入慧が襲われたときに一緒にいた男。同じ病院に勤める研修医で、豊島建設の社長子息っていうところまでは調べずみ。実は、こいつも気になってたから、入慧を追っかけ回してたんだ。ほぼ同時に親子で磐田に絡んでくるって、偶然にしちゃできすぎだなと思って」

画面に表示されていたのは、豊島だった。舎弟は表示されたプロフィールも一緒に目にして、頭の中に叩き込んでいく。

「――――でも、経歴だけを見るなら、二人とも今回の話が浮上する前からここに勤めてますよ。すでに知り合いだったとしても、なんら不思議はないし。何より敵か味方かって言ったら、豊島は味方ですよね？　磐田と共通の敵を持つ」

佐原がパシリに選ぶだけあり、瞬時の判断が早かった。が、実は誰もが同じことを考えていたから、豊島に関しては特に気にかけていなかった。

会長が話を持ってくる以前から、孫のほうは入慧と出会い、接触がある。用心のつもりで院長に探りを入れたところで、豊島は非の打ち所がない研修医、人柄も何もまったく問題がない、入慧の友人としては院長が及第点をつけるほどの男だ。

「こいつが本物の豊島建一ならな」

「――――え!?」

ただ、それでも一緒にいるときに襲われた、ここのところ誘いが頻繁だった事実が、佐原に一つの疑惑を生じさせていた。

「ようは、入慧が磐田の人間である限り、疑いまくってもおつりが来るってことだ。とにかく、こいつが本物かどうかをまずは調べてくれ。憶測するにしたって、それからだ」

どれもこれもが事実だというなら、佐原はもっとも重んじるべき事実に基づき、捜査をするだけだ。

総長鬼塚の女、磐田会の姐が深夜の路地裏で襲われた。あくまでもこの事実に基づき、事件の真相に迫るだけだった。

7

舎弟たちが俵藤を拘束しているためか、台北のほうは幾分穏やかだった。

本当なら俵藤だけでも帰国させようとしたのだが、俵藤が消えれば逃げた松坂が姿を現さない。俵藤自身も松坂が一緒でなければ帰国しないとごねるものだから、もともとついていった舎弟とあとから久岡が送った舎弟たちは、交代で俵藤を見張りながら警戒し、その一方で松坂を捜すという日々を繰り返していた。

そして、そんな台北在住の一行を守護するために、鬼塚は市原と共に株価の世界で罠を張っていた。

いつの世も武力と金は表裏一体だ。李家が今まさにそれを行使し、日本の経済と極道のシマを荒らそうというなら、鬼塚も同じように構えるまでだ。

どんなに資産があるとはいえ、今の豊島建設は自己防衛で手いっぱいだ。いざというときに鬼塚が安心して頼れるところではない。

陶山にしてもそれは同様で、表裏半々の外交で黒幕を捜し出そうというのだから、ここには下手にかかわらないほうが、お互いのためだ。

余程のときのみの交流、もしくは助け合いと決めておいたほうが、お互い気にすることなく行動ができる。

ただ、それでも鬼塚がいつになく資金調達と準備に余念がないのは、相手側に〝デッドゾーン〟という金のなる木があるからだった。

これに関しては、右から左へ流すだけでも財を生む。万が一にも製造元などであった場合は、どれほどの隠し財産を持っているのか計り知れない。

なぜなら、バイアグラが記録した売上高は、発売から半年間、全世界で五億五千万ドルだ。年商一億ドルでヒット商品と言われる医薬業界で、一大モンスターと化した医薬品だけに、デッドゾーンに同様の売上があっても不思議がないのだ。

むしろ秘密裏の売買だけに、もっと利益を上げていることも考えられる。

だからこそ、鬼塚はそれらを見越したときに、自分はいっとき金策に徹することにした。

力の補充であれば、傘下の組長たちに任せておける。

また、竜ヶ崎や大鳳への根回しもすんでいることから、いざとなれば関東だけでもかなりの兵力を動かすことができる。

鬼塚は、その兵を動かすにも必要だろう金に余裕を持たせるために、尚更資金繰りに余念がなかったのだ。

そして、周りがそれぞれの役割を持って動く中、佐原は鬼塚の弱点ともなる入慧の身辺警護に重点を置き、ベッドの上から先日の襲撃事件の真相に迫っていた。

襲って来たのは関西極道の播磨組。

幾度となく磐田会とも戦争を起こしている上に、いっときはデッドゾーンの密売に手を染め、荒稼ぎをしていた組織だ。

利害の一致だけで考えるなら、日本に進出したい李家と手を組んでも不思議はない。

自国のシマを死守しようなどという男気さえ捨ててしまえば、楽に現状が維持できる。

ついでに李家にとっての邪魔な組織の一つや二つぶち壊すのに協力しておけば、デッドゾーンが再び手に入るかもしれない。さすがに金で他国のマフィアに使われるのは躊躇っても、代償が今では手に入りにくくなったデッドゾーンなら話は別だろう。

そして、そのぶち壊し協力の最初に名前が挙がったのが磐田会。鬼塚潰しのために入慧をと考える分には、佐原的にはなんらわだかまりがない。

豊島の成り代わりを用意する理由にしても、あまりに箱入り息子な入慧を側近から離すため、そう考えれば、すべてがしっくりくるはずなのだ。

「正真正銘、豊島社長の息子だ⁉　おかしいところゼロか⁉」

ただ、そう上手くいかないのが、世の常だ。

「はい。もう、わけを話して聖南医大の院長にダイレクトに聞きました。途中で他人とすり代わった気配はないかって。そしたら、院長が確認のためにって、内緒で豊島のＤＮＡ鑑定をしてくれたんです。それで間違いないってことですから、疑う余地がありません。ってか、ここの院長のがかなりブラックですよ。さすが磐田先代の親友です」

佐原の勘はここに来て大外れを引いた。

「――――なんだよ。なら、本当に偶然なのかよ。てっきり、成りすまし野郎が故意に俺たちゃ田崎たちを撒いて、入慧を路地裏に引っ張り込んだのかと思ったのに…」

どう考えても、自分が尾行中にうっかり見失ったとは考えられず、ならばとわざとだろうと考えたのだが、捜査を惑わすのはいつもこの〝偶然〟というやつだ。

神様の悪戯だ。

「でも、本当に成りすましだったら、直に入慧さんを拉致するんじゃゃ？　これまで機会がいっぱいあったし、手っ取り早いでしょう」

「代わりに失敗したら、二度と同じ手は使えない。入慧と一緒に襲われましたって設定で被害者ぶるほうが、失敗しても次の機会に恵まれる。それに、豊島建一ってキャラクターなら、多方面に使い勝手もいいし。敵が目をつけるならここかな…と思ったんだが。現役離れると、勘も鈍るのかな…。まあ、姿形のみならず、研修医の成りすましってあたりで、かなりファンタジーな発想だったけどさ」

佐原はすっかり暗礁に乗り上げた。

『あと考えられるとしたら…、本人が何か弱みを握られていて、播磨に荷担している…ってことになるが。そんなの最初に調べたけど、出てこなかったしな…』

ベッドの上で溜息を漏らした。

「――――勘も何も、そういうことは勝手に調べるな。聞くなら俺に聞けばいいだろう。院長まで巻き込むってなしだろう」

すると、ノックと同時に淡いピンクの制服姿で、入慧が病室に入ってきた。入り口で朱鷺の舎弟に断りを入れているのもあるが、この姿なら院内の大概の場所がフリーパスだ。

「入慧…」

「それに、豊島先輩は初めて会ったときから何も変わらないよ。今回俺にちょっかいかけてきたのだって、恋人と別れたばっかりで暇だったから。寂しさを埋めたいのもあったけど、自分があんな裏道に誘導しなければこんなことにならなかったって、お詫びの電話も即日かかってきたから」

佐原はつい、「馬子にも衣装だな」と言いかけて口を押さえた。

せっかく入慧が情報を持ってきたのに、ここで下手なちゃちゃを入れるわけにもいかない。

「ついでに言うなら、会社を継がずに医者になろうとしたところで、実家とは決別状態だ。だから、豊島建設がトラブルに巻き込まれてることも知らないんじゃないかな？　俺だって、誰も教えてくれないから、あの日のパーティーで鬼塚が密会してた相手が豊島建設の会長や陶山元代議士だったたって、最近知ったぐらいだし」

「そっか」

佐原は入慧の話が一通りすむのを待った。

すると、入慧は後ろ手に隠してきた小さな花束をスッと差し出してきた。

「それより、腹の具合は…？　こんなときぐらい、大人しくしてろよ」

一応仕事にかこつけた見舞いだったらしい。佐原にも自然と笑みが浮かぶ。

「もう、普通に動けるよ。暴れなきゃいいってだけで。お前のほうこそどうなんだよ。鬼塚に手痛い印入れられたって聞いたぞ。見せてみろよ」

だからといって、気をよくして振る話でもないのだが、佐原は相変わらずの図々しさで、入慧をベッド際まで呼び寄せた。

「やだよ」

「まさか、見せられないところに彫られたのか？　鬼塚もむっつりだな…」

「いや、そうじゃないって。勝手に変な想像されるぐらいなら見せるって。ほら」

下手にあれこれ想像されたくなかったのか、入慧は制服のボタンを三つほど外すと、佐原にだけ見えるようにして胸元をのぞかせた。

「二代目一慶か。俺と同じ彫り師だな」

「そうなんだ」

なんとも不思議な光景だ。舎弟たちはその様子に、どう反応していいものか悩んでいる。

「あいつ、綺麗な顔してドSだろう。そのくせ、乙女かっていうぐらい、柄を決めるのに由来とかこだわってさ」

「ん…」

行き交う会話が、わかる者にしかわからないといった内容になっているが、入慧に入った刺青を確認すると、佐原は自然と自分の腹部に手を当てた。

「――――ごめんな。俺が、こんなドジ踏んだから。お前に一生消えない傷が残った」

朱鷺が怒ったのもうなずけた。

刺されて痛いだけなら、佐原もこんなに辛いとは感じない。

たった一つの怪我が、いくつもの傷に繋がった。

佐原自身は盲腸の手術程度にしか感じていないが、他の者たちが負った傷の数々が痛すぎる。

落とした指は戻らないし、入った刺青も二度と消えることがない。

こんなふうに他人と自分が繋がってしまう世界を、佐原は初めて怖いと感じた。

「なっ、お前が謝るなよ、気持ち悪い。もともとは俺が悪いんだから。それに、佐原は忠告してくれた。鬼塚も釘は刺してきた。なのに、俺が勝手をしたからこうなった。田崎たちのことを考えたら、これぐらいは傷にもならないよ。それにこれは、俺が鬼塚のものだって証だし。お前の内股に飛んでる〝朱鷺〟と一緒だよ」

佐原の心事を察してか、珍しく入慧がフォローに回った。

「そっか――――。ま、ここで俺たちが反省し合ってもな。田崎たちには申し訳ないから、この先は少し大人しくするしかないだろう。お前も、俺も」

お互い反省しているのは一緒だ。姐という立場を軽んじたがために、起こった悲劇があるのも一緒だ。これは二人にしかわからない。

「そうだな」

少しだけ、ようやくお互い少しだけ心から歩み寄った気がした。

顔を見合わせ笑い合ったところで、携帯電話が鳴った。佐原と入慧のもの、なぜか同時にだ。

「もしもし」

「はい」

病院内だというのに、堂々と持ち込み使用しやがってと言いたげな入慧。

しかし、入慧にかかってきた電話は院内用のPHSだけに、何の呼び出しかと思って、電話に出るほうを優先した。

「なっ、俵藤が拉致られた？」

「豊島先輩を攫《さら》ったってどういうことだよ」

が、あまりにおかしな内容が重なり、二人は目を見開きながらも、携帯電話と共に顔を反らした。互いの相手に、自分の会話が届かないよう気を配りながら、小声で話を進めていく。

「わかった。ああ、もちろん。気をつけて行ってきてくれ。八島にもよろしく。本当に、ミイラ取りがミイラになるのだけは勘弁してれよ」

「わかった。行くよ。絶対に豊島先輩には何もするなよ」

用件のみの短い電話。

その両方を食い入るように見つめていたのは、佐原についていた数名の舎弟たち。嵐の予感に自然と緊張感が漂ってくる。

「なんなんだ？　これって、あえて同時に動いたってことか⁉　それとも偶然か？　狙いはいったいなんなんだ？」

佐原はタイミングのよさに、これは偶然で片づけられなかった。李と播磨が計画的に、同時に行動を起こしたと取るほうが、自然だと感じて。

「わからない。けど、何か変な気がしないか？　こっちのほう」

「ん？」

しかも、入慧は受けた電話の内容に疑問があるのか首を傾げた。

「だって、敵は豊島先輩を攫ったのに、どうして俺に引き取りに来いって言うんだよ。そりゃ、俺を鬼塚への餌にするのが狙いなんだろうけど。でも、普通なら豊島建設を脅迫しないか？　例の土地を売れってやつとかに」

素朴な疑問だった。

「それはどうかな。一人捕まえて二度美味しいって腹かもしれない。この前はお前に気を取られて、一緒にいるのが誰だか気づかなかった。けど、今回はお前を引っ張り出すのに捕まえてみたら、豊島の御曹司だったことが発覚。こうなると、うっとうしい鬼塚と、売却を頑として拒み続けている豊島会長を一気に落としにいける。もしくは、未だに豊島の素性をわかってない」

佐原は、現状で想定できるケースを挙げて説明してみせる。

「わかってない⁉」

「ああ。鬼塚っていう目的に集中しすぎていて、外野が目に入ってない。けど、豊島にとっては、そのほうが都合がいい。なにせ、素性がバレて利用されたら、消される可能性が高くなる」

「どうして？　豊島建設側も助けるのに協力してくれるんじゃないのか？」

「言いたくないが…、今の会長なら孫でも見殺しにする」

「え？」

思わず確認を取ってきた入慧に、佐原が柳眉を顰めた。

「何があっても屈しない構えなんだよ。自分が屈すれば、奴らが図に乗って更にやりたい放題になる。不当な土地買いが進む。そうしたら、これはもう自社や私産がどうこうっていう問題じゃない。今後の日本の景気、国益にまでかかわってくる問題だから、豊島会長は、それを阻止するためなら自分や家族が犠牲になっても仕方がないって気持ちだろう。逆に、それだけの覚悟がなければマフィアを抱えるような連中とは渡り合っていけないだろうし、極道と手を組もうなんてこともできないだろうからさ」

こんな説明はしたくないが仕方がない。これだから、進路が違っただけで家族仲まで悪くなるんだと言ったところで、他人の家庭の話だ。

「そっか…」

ただ、こういう事情も踏まえて、佐原は豊島の救出には、磐田だけで動くしかないことを入慧に伝えた。決して入慧が一人でどうにかできることじゃないことも言い含めた。

「それで、俵藤のほうは？」

入慧は納得したのか、まさか一人で行動を起こす気なのか、話を変えてきた。

「すでに八島と朱鷺が台北に向かった。こんなことなら、とっとと俵藤だけでも帰国させればよかったんだろうけど、逃げた松坂を捜している間に、李のほうから不意をつかれたんだ。俵藤は襲撃から舎弟たちを逃がして一人で捕まった。皮肉なことに、逃がされた舎弟たちを現在引率してるのが松坂だ。んと、七年も牢屋にいたとは思えないコンビネーションだよ」

佐原は、俵藤は俵藤で心配だったが、すでに鬼塚ができる限りの手を打ったと聞かされていたので、かなり希望を持って説明ができた。それどころか、いくら鬼塚が俵藤の保険として中国政府や李家と交渉できるだけの企業買収準備をしていたとはいえ、本当に必要なときにそれが使えるのか半信半疑だった分、単純に感動していた。

「ただ問題は、向こうが俵藤の利用価値を把握してるのか、いないのかってことだ。ちょっと羽振りがいいだけのヤクザだと思って対応されたら、間違いなくいたぶり殺される。俵藤が自分から口を割る、鬼塚の足を引っ張るような真似をするとは思えないからな」

「俵藤が、鬼塚に対して人質として価値のある男だって理解されないと、ヤバいってことか」

「――そ。だから鬼塚は、わざと朱鷺と八島を送った。こっちから派手に動くことで、俵藤の価値の高さを相手に悟らせるように仕向けた。と同時に、李家が持つカジノホテルの一つに敵対買収を宣言し、中国政府御用達の海洋石油化学の株を一気に買い占めに動いた」

「え?」

しかし、佐原が珍しく褒めちぎっているのに、入慧は舎弟たち同様、ぽかんとしていた。

そもそも鬼塚からこの話を聞いてなかったのか、それとも知っていて理解が追いつかないのか、いずれにしてもよくわかっていない表情だ。

それはそれで憎めないので、佐原は話を続ける。

「大した男だな、鬼塚はってことだよ。こっちからも李が所持しているホテルや、他の企業の株を大量に集めて、いい加減にしないとこのまま乗っ取るぞって脅したんだよ。たかがヤクザと思って、なめんなよ。せいぜい地上げだの買い叩きだのに奮闘するに留めておけばよかったものを、俺たちのシマまで狙って巻き込むからこうなるんだ。これ以上ガタガタ抜かすと、中国資本の一部に鉛玉の一つや二つはぶち込むぞってさ」

入慧が何も聞かされていないことを前提にして、ことの概要を噛み砕いて説明してみた。

「口で言うのは簡単だが、これをするには莫大な金がいる。鬼塚が財テクヤクザ、経済ヤクザだってことは聞いてたが、だとしてもこの短期間でこれだけの準備をするって神業だよ。お前のこと構うの我慢して、いろいろ水面下で動いた甲斐もあったってことだろうけど。本当、投資家どころか投資会社が興せる、凄腕のバイヤー並みだよ」

何となく呑み込めたのか、入慧の顔が明るくなった。

やはり最愛の者が第三者に褒められるのは嬉しいのだろう。特に相手が毒舌な佐原では尚のこと、嫌味抜きで評価していることを実感させてくれるだけで、入慧にとっては喜ばしい。

それどころか、

「そっか。そういうことか。けど、凄腕のバイヤーなら、もう抱えてるよ。元鬼若だった市原っていうのが、銀座で投資会社をやってる。けっこうしたたかな感じの男で、すごい切れ者。だから、短期間にどうこうっていうなら、鬼塚も頑張ったけど、きっと市原のサポートもすごかったんだと思う」

入慧は佐原に向かって、これが鬼塚だけの力じゃないだろうことも明かしてきた。

「それに、そうやって考えたら、磐田は、鬼塚だけがすごいんじゃない。周りの男がすごいよ。

朱鷺も八島も久岡も。俵藤にしたってそうだし、傘下の男がみんなすごいから、今の磐田が成り立ってる。俺、やっとそれが見えてきた気がする」

これは姐としての言葉なのだろうか、それとも入慧の個人的な感想なのだろうか。ずいぶん改まった意見だ。

「確かに、それは言えるかもな。ここんとこ騒ぎばっかり起こす沼田も、そうとうすごいしな。まさかあいつがマフィアから白羽の矢が立てられるなんて、思ってもみなかったし」

しかし入慧の言うことの意味はわかる。佐原も何度となく感じている。

一人が秀でただけの組織はたかが知れている。所詮ワンマンで終わりかねない。

だが、磐田会はそうじゃない。鬼塚がそういうタイプではない。

秀でた者たちが集い、尚かつその中から上に立つ者が選ばれた。鬼塚は自分から上りつめただけではなく、周りから押し上げられた漢だ。だからこそ、押し上げた漢たちも自身の責任と職務に徹する。そのバランスが実にできているから、結果的には上に立つ者も輝ける。

「でも、先見の明あるじゃん。もともとシマだったのかもしれないけど、ちゃんと池袋の東口にビル持ってるなんて。しかもちゃっかりメイドパブだかキャバクラだかオープンさせてるなんてさ。なかなかできないと思うよ。伝統を重んじる老舗《しにせ》のヤクザとしては」

そして、そんな輝く男を魅了し、夢中にしているのが、佐原の前で笑っている青年だ。

こんなときだというのに、冗談交じりに覚悟を決めていく肝っ玉の持ち主だ。

「それもそうだ。で、肝心の豊島はどこに引き取りに行くんだ」

とはいえ、ここで入慧に単独行動を起こされては、鬼塚の苦労も水の泡になりかねない。佐原はそれとなく部屋の出入り口に舎弟が移動するよう目配せをした。

「大人しくしてるんじゃなかったのかよ」

「じゃ、お前も行くなよ」

決して一人では行かせない。どんな要求をされたのかはわからないが、豊島一人のために間違っても入慧を捕られるわけにはいかない。

「そういうわけにはいかないよ。一人で行くって約束したし」

「入慧！」

佐原の激昂が飛ぶ。しかし、本気で行かせるわけにはいかないと示した佐原に、なぜか入慧はニヤリと笑った。

「ただし。一人で行くとは言ったけど、相手の言いなりになるなんて約束はしてない。素人の同僚に手をかけられて、おめおめ言いなりになるつもりも毛頭ない」

これまでに見せたこともない、意地の悪そうな顔。それが徐々に、怒気と気迫が漲るものに変わっていく。

「目には目と歯をなんて、ヤクザの鉄則だ。人質を一人取られたんなら、こっちは二、三人取ればいい話だ。そうだろう」

「⁉」

佐原に同意を求める傍ら携帯電話を取り出すと、入慧は迷うことなく電話をし始める。

「――――もしもし、久岡。今、身体空いてるよね。朱鷺や八島が台北に飛んだのに置いていかれて、絶対に暴れたいはずだもんね」

相手が久岡だったとわかり、佐原以上にその場にいた舎弟たちが驚いて引いた。

「悪いけど、同じように暴れたがってる組長たちとタッグ組んで、都内にある播磨の事務所と幹部の自宅、全部押さえてくれない？　押さえてくれるだけでいいんだ。怪我人は出すな。俺、同僚が攫われて、引き取りに来いって要求受けてて、腹が立ってるんだ。素人さん巻き込んで喧嘩を売ったらどうなるか、一度骨の髄までわからせてやりたいからさ」

悪びれた様子も見せずに、もしかしたらとんでもない命令を出している。

「本当？　じゃ、都内と言わず都下から関東一帯で頼むね」

どんなに語尾が軽くて弾んでいても、佐原は騙されない。

「――――入慧。よりにもよって、ここで久岡を使うか⁉」

電話が終わると容赦なく突っ込んでいく。鬼塚に許可も取らず、いいのか⁉　と。

「適材適所だろう。みんなに声かけて祭りにしてやるって。ついでに昔の同僚にも声かけてくれるってさ」

確かにそう言われたらそれきりだ。誰を使うより、この手のことなら久岡や沼田あたりが一番張り切って活躍する。特に入慧も言ったように、現在手持ち無沙汰でうずうずしているだろう久岡なら普段の倍は喜び勇んで、この祭りというのを派手にやらかすだろう。

「それって、警察じゃねぇかよ！」

が、これはやりすぎだと佐原がキレる。

「いいじゃん別に。どうせ久岡に声かけられるような同僚だよ。似たもの同士だよ」

「それでも相手は現役だ」

この上警察沙汰にしてどうする、播磨だけが捕まるならいいが、こっちにまで逮捕者が出たら、どうするんだと危惧するばかりだ。佐原にしたって元同僚を使い、磐田の人間が起訴されないように手を回すのに限界はある。

「す、すげ…。さすが磐田の姐さん。爽やかな笑顔で、うちの姐さんの顔色変えたよ」

佐原が笑顔で他人を貶《おとし》めていくさまは何度も見たが、逆にそれをされるのは初めて見た。

舎弟たちも、天然がかった入慧には、感心するばかりだ。

「とにかく、行ってくる。播磨の目的がなんなのかとか、李家とどう繋がってるかなんて、わからないけど。俺は、豊島先輩を取り戻しに行くだけだから」

こう見えて、どうやら入慧はただのお嬢、姐というだけではないらしい。

うっかりすると忘れがちだが、入慧は先代総長・磐田治郎の血を継ぐ者だ。菫に「惚れた」と言わせた女の子供だ。

「はっ。まいったな――――この分じゃ出る幕ないぞ、鬼塚」

ベッド上の自分では手に負えないとさじを投げてか、とうとう佐原がわざとらしく声を上げた。

「え!?」

「ちょっと前まで朱鷺と一緒だったんだ」

すると、続きの部屋から苦笑塗れで入って来た鬼塚に、入慧もさすがにびくりとした。

「ひ、人が悪すぎだよ、お前」

どうして先に言わないんだと、佐原を責める。

こんなに言いたい放題、やりたい放題をしたあとに、鬼塚の一言で久岡の動きを阻止されたら、立つ瀬も何もあったものではない。それどころか、勝手をするなと怒られて、次はどんな仕置きが待っているのか、わかったものではない。

「入慧」

しかし、動揺する入慧に鬼塚は懐から銃を出すと、持って行けと差し出してきた。

「っ…」

「何、萎縮してんだよ。これから敵陣に乗り込みに行くんだろう。向こうもまさか、素人一人を攫ったために、そこまでされるとは思ってないだろうからな。いっせいに幹部を押さえられたらぐうの音も出ないだろう。ただし、居直りで馬鹿をやる奴はどこにでもいるからな、これはお守りだ。使い方はわかるな」

特に入慧を止めるつもりはないらしい。どちらかと言えば、ことを仕掛けてきた播磨組のほうに同情気味だ。今、この瞬間も、悪ノリしているだろう久岡の手配で襲撃されている関東在住の播磨組幹部たちやその家族がいると思えば、止めても無駄だと思ったのだろう。

「いったん取り出したら、悩むな。撃てよ。お前に何かあったら、俺は播磨だろうがマフィアだろうが根絶やしにする。俺を本当の鬼にするなよ」

ただし、これだけはという注意は忘れない。二度と同じ過ちは犯すなよと含まれた警告はしっかり入慧に向けられた。

「ん。わかった」

誰が傷ついても、巡りに巡って傷つくのは入慧や入慧が大事にしている人間だ。

入慧が傷ついても、それはまた同じことだ。

入慧はそのことを充分踏まえると、豊島を救出に向かうことにした。

「で、どこまで引き取りに行くんだ。近くまでなら、見送りぐらいありだろう。磐田姐、初めての出陣だ。せいぜい派手に見送ってやる」

鬼塚の言葉に甘えて、近くまで送ってもらいながら――――。

＊＊＊

一時間後、入慧は豊島を引き取りに来いと指定された、東京湾沿いに建つ廃墟ビルの前にいた。

「なんや、テメェ！　一人で来いって言うたやろう」

周囲には何もない、四階建ての半壊のビル。中から叫んだ男の手には、捕らえられた豊島がいる。入慧はその姿に奥歯を嚙んだ。

「そのつもりだったよ。けど、こんな最寄り駅も、目印もないようなところじゃ、一人で来れなかったんだよ。だいたい、呼び出すなら交通事情ぐらい考えろ。誰もが免許とカーナビ持ってると思うな！　そもそも俺はここ何年も、運転手付きの車にしか乗ったことがないんだよ」

しかし、近くまで見送られるはずが、入慧の背後には鬼塚を乗せた黒塗りのメルセデスをはじめ舎弟たちを乗せた自家用車やトラックが百台以上は停まっていた。

一瞬、お台場あたりに点々とある青空駐車場かと思う数に、鬼塚さえ失笑気味だ。

派手に見送ってやるとは言ったが、ここまで集まってこいとは言ってない。鬼塚自身は自宅に「手が空いてたら、入慧の見送りに来い」と伝えただけで、仕事中の奴らにまで来いとは声をかけてない。ましてやトラックの荷台に武器と兵隊積んで…などとは、考えた覚えもない。誰の仕業かと思う。

「んの…っ、ふざけやがって。こいつが殺されてもいいんだな!!」

廃墟ビルの中に何人潜伏しているのかはわからないが、播磨組の者たちは完全包囲された気分だろう。激情した男が人質に取っている豊島の頭に銃を突きつけた。

「だったらお前らも、仲間やその家族がどうなってもいいんだよな！」

しかし、こうなると入慧も早々に手の内を明かすことになる。

携帯電話片手に一本のメールを久岡に飛ばす。すると、その後は久岡が手配した者たちがいっせいに動いたのだろうか、ビルの中から電話のコールが無数に鳴り響いた。

携帯電話を含めて、ありったけの番号に連絡が寄せられている。

「たっ、大変です兄貴。関東圏の事務所と幹部宅が磐田会の連中に全部押さえられてます。中には、警察までうろうろしていて…どういうことだって、激怒しまくってる幹部の方も」

「なんやと⁉」

ビルの中から次々と悲鳴が聞こえた。

播磨組内で話が行き届いていないのか、現状を把握していない幹部もいるようだ。

これはと思い、鬼塚は久岡に電話し、彼が直接押さえている幹部と話を代わってもらった。

「そうか。わかった。なら、こっちはこっちでどうにかするから、もう少し付き合ってくれ。嫌とは言わないよな。こっちはすでに襲撃されて朱鷺の女を刺された上に、知り合いの素人を拉致られたんだ。多少暴れねぇことには、収まりがつかねぇからな」

すると、この段階で播磨組自体が李家と繋がっていたわけではないことが明らかになった。

これは池袋周辺を拠点にしている佐竹《さたけ》という男のグループで、単体で李家と手を組んだか、金で利用されているか、そのいずれかだと判明した。

「――入慧。播磨の関東支部のトップは、どうやらこの事態をわかってないみたいだぞ。お前を襲ったことも知らないし、そんな指示は出してないってよ」

鬼塚はそれを入慧に知らせるために車を降りた。

「なんだ。それじゃあ、大事にしてかえって迷惑かけたな」

「いや、お前のおかげで、向こうの内情がはっきり見えた。これなら播磨との戦争は回避できる。こっちは少し話を詰めておくから、中の奴らは適当にやっちまえ」

怪我の巧名とはこのことだった。こんな騒ぎにならなければ、鬼塚は播磨組との全面戦争を覚悟していた。下手をすれば、東西の極道組織を巻き込みかねないと腹も据えていた分、これにかける労力が不要になるだけで、だいぶ違う。

しかも、入慧がしっかりと「押さえるだけで怪我人は出すな」と言っていた分、押さえられているほうも無傷。この状況に至った理由さえ理解すれば協力的だった。

どう考えても、仕掛けてきたのは佐竹のグループな上に、磐田には犠牲者も出ている。

だから入慧がこの喧嘩を買っているに過ぎないとわかれば、向こうも大事の前の小事ですむなと、佐竹たちに責任を取らせて終わらせるつもりだ。

「だってよ‼　お前ら何のつもりでこんなことしてるのか知らねぇけど、とっとと先輩を解放して、逃げたほうがいいんじゃないのか⁉　そうでないと、ここから先は巻き込まれた身内からヒットマン飛ばされるぞ」

「おっ、覚えてろ‼」

どうやら佐竹側も、上層部の判断を理解したのだろう。

ビルの出入り口から捕らえていた豊島を放り出すと、あとは知らん顔を決め込んだ。

「覚えられてたら、困るのはそっちだろうに」

「待て、入慧。こいつらに行かせろ」

入慧が飛び出そうとしたのを鬼塚が止めると、舎弟の数名がビルの出入り口まで迎えに行き、両手、両足を拘束されていた豊島を救出して戻った。

「豊島先輩、大丈夫ですか⁉」

「…関」

舎弟たちが豊島を入慧の前まで連れ帰ると、その場で拘束を解いていく。

「すみません、先輩。俺のために、こんなことになって」

「お前…っ、いったい…」

立て続けに襲われた上にこの状況だ、豊島がおかしく思っても不思議はない。

入慧も素性を打ち明けないわけにはいかない。

「実は、俺…!?」

だが、それは鬼塚が止めに入った。

「悪いが、聞かないでやってくれないか。こいつは聖南医大にいるうちは、ただの関入慧だ。一人の研修医だ」

「鬼塚…」

拘束を解かれたものの、力尽きて座り込んでいた豊島の前に片膝をつき、「今後絶対に迷惑はかけない。だから…」と願い出た。

頭も下げた。

こんなときでさえ鬼塚は入慧を守ろうとする。その身だけではなく、心から最愛の者の幸福だけを願った言動をする。

「わかりました。先日のお詫びもあるし、関に素性は聞きません。ただ、代わりに鬼塚さん…。お願いですから、親父のために死んでください」

すると、そんな鬼塚に、豊島は不吉な願いを返すと同時に、手の中に隠し持っていただろう注射器で首筋を刺した。

「なっ、先輩、何を」

咄嗟に入慧が振り払おうとしたが、すでに何かが注入され終えた鬼塚は、その場で身を崩して倒れ込んだ。

「っ…鬼塚!!」

「総長っ!!」

突然のことすぎて、入慧も周りも状況が掴めない。

動揺する入慧の腕を取ると、豊島は立ち上がって入慧にもその注射器を突きつける。

「っ…先輩?」

「サクシニルコリンだ」

豊島から明かされた注射器の中身は、別名塩化スキサメトニウム。注射をすれば即死する筋弛緩剤だ。

「っ…、なっ、嘘?」

そんな馬鹿なと思いながらも、入慧は注射器を突きつけられて、その場から引き離される。

「来い、関」

「や、鬼塚っ、鬼塚! 鬼塚っ!! 誰か鬼塚を病院へ」

「駄目だ、そのままにしておけ!! さもないと、次はこいつを殺すぞ」

信じられない、信じたくないという悲鳴が舎弟たちを瞬時に熱くしたが、入慧を人質に取れらて身動きができない。

「総長‼」

「入慧さんっ！」

「お嬢っ」

「騒ぐな！　それ以上騒げばこいつも同じ目に遭うぞ。即死だぞ！」

たった一人で、こんな場所で、いったい豊島は何をしようというのか。入慧はどうにか突きつけられた注射針から逃れようと身を捩《よじ》った。

「豊島先輩…、っ⁉」

しかし、入慧をビルの出入り口まで引きずると、豊島は中に向かって叫んだ。

「おいっ、見てただろう⁉　約束どおり鬼塚は殺った。今すぐに親父を返してくれ。親父を、返してくれ‼」

そういうことか――――入慧もようやく豊島の意図を悟った。

「ほう。見習いとはいえ医者の分際でようやったな。お前の祖父は息子一人のために土地は売れない。こんなテロのような買収には応じられない言うて、堂々と見殺しにしたのにな」

中からは、裏口を使って逃げたわけではなかった佐竹が顔を出す。倒れた鬼塚を見ながら、満面の笑みだ。

「だから、俺が代わりに鬼塚を殺ったじゃないか。土地の売買は、俺じゃどうにもならない。けど、祖父か鬼塚のどちらかを殺せば、親父は返してくれるって言ったから、鬼塚のほうをやっただろう」

卑劣極まりない脅迫を受け、豊島がどれほど苦悩したのかが窺える。

「豊島先輩？」

「ごめんな、関。嘘ついて…。あの日、赤坂プレジデントでパーティーがあった日、俺も…ホテルにいたんだ。親子三代揃って、ちゃんと…出席してた。離れて暮らしてたけど、仲は悪くない。特に親父とは…、仲がいいんだ」

人として、医者を志す者として、自分が犯した罪がどれほどのものか、わからないわけがない。だが、それでも豊島は父親を助けるために、こうするしかなかった。

「たまたまフロアに出たら、お前にそっくりな子を見かけた。まさかと思ってたんだけど、帰り駐車場で、偶然…鬼塚と一緒にいるところも見かけて…。お前が磐田の人間だって、それも総長の大事な人間なんだって知って…。驚いて」

佐原が豊島に感じたという「何か」は、確かにあったのだ。

おそらく豊島社長が誘拐されている事実が巧妙に隠されていたがゆえに、豊島が利用され、敵に動かされているという証拠が摑めなかったのだろう。

その結果、疑いながらも佐原が豊島を信じるしかなかったのは、誰もが認める人柄のためだ。

入慧が大丈夫だと胸を張ったためだ。

「けど、それから数日後…、お前と最初に飯食いに行った翌日に、親父は攫われた。祖父さんはこんな卑劣な連中には屈しないって、親父を見捨てた。だから俺が、俺が交渉して——。おい、佐竹‼　こうして鬼塚の命を取ったんだから、もう親父を返せ」

だが、豊島に一度は入慧を襲わせることに成功するも、結果的には失敗に終わった。

だからこそ、二度目は自らを利用し、鬼塚に近づけるチャンスを作った。

そうまでして救おうとした父親。しかし、佐竹は豊島に向かって無情な高笑いをしてみせた。

「ふっ。そら、返せるもんなら返したいんやけどな。どう痛めつけても、あのくそじじいが首を縦に振らんさかい、お前の親父は実の父親を恨みながらとっくの昔に死んでったわ」

「っ‼」

「今はインターネットつーもんもあるし、直接じじいには命乞いもさせたんやけどな。あのじじい、わいら極道より極道やったんや。しゃあないから、こっちも本気を見せつけるために遺体の一つも送ったろう思うとったんやけど、なんも知らんと己が連絡寄こしてきたんで、都合よく使わせてもろたんや。失敗されてもこっちは痛くも痒くもないからな」

「――――なんだと？」

豊島社長はすでに死んでいた。それを会長は知っていた。

知らずにいたのは豊島だけ。

この事実がどれほど残酷なことか、無情なことか、それは豊島にしかわからない。

「それにしたって、今の今まで知らずにいたとは、お前んとこのじじいは鬼やな。親父が死んだいうのに、息子にも知らせんと。これじゃ仏さんも浮かばれへん。まあ、すぐに孝行息子が追いかけるんやさかい、成仏できるやろうけどな――――ッ‼」

だか、わからないまでも、入慧は理解したいと思った。

その瞬間、隠し持っていた銃を取り出すと、佐竹に向けて発砲した。

「何しやがる‼」

威嚇で発射されただけだが、佐竹には充分効果があった。一瞬にして青ざめる。

「うっせぇな。非道な真似しやがって。ようは、親父さんを返してもらうとのと同時に、その生死を知るためにも一度は鬼塚に死んでもらうしかなかった。そういうことなんだろう、豊島先輩。だから鬼塚にまで、こんな即興の猿芝居させて――――」

入慧は佐竹から銃口を逸らすことなく、豊島に確認を取った。

「――――だろうな」

しかし、答えたのは入慧の背後で身を起こした鬼塚。その瞬間、舎弟たちに安堵と歓声が湧き起こる。

「なっ、どういうことや‼　鬼塚」

「いや、死んでくれって頼まれたから、死んだふりしてみたんだが」

叫んだ佐竹に、鬼塚はスーツの汚れを叩きながら、笑ってみせる。

よもやこんなところで茶番に付き合わされるとは――――そんな感じだ。

通話が維持された電話の向こうでは、久岡と幹部が揃って「ふざけるな」と叫んでいる。

鬼塚が殺られたとわかった瞬間、幹部が久岡に殺されかかったことは言うまでもない。

「なんだとっ…っ、まさか…最初から」

完全に立場をなくした佐竹が、声を震わせた。

「そんなわけないだろう。でも、このからくりは簡単だよ。鬼塚は豊島先輩が襲ってきたときに発した台詞で、咄嗟に事情を察した。俺はこいつでその真相を悟った」

入慧は豊島から注射器を取り上げると、それを佐竹に突きつける。

「お前らが見てもわからないだろうけど、この注射器にはメーカー名のように見せかけて、中がビタミン剤だって書いてあるんだ。一か八かだったんだろうけど、先輩はこれに賭けた。鬼塚さえ協力してくれれば、俺にはこれを見せることで意図を伝えられるからな」

入慧も小さく書き込まれた薬品名に気づくまでは、鬼塚の死を疑っていなかった。

知識もないだろう佐竹が騙されても不思議はない。

「っ、この野郎。謀《はか》りよったな！」

追い詰められた豊島も必死だった。

あそこで鬼塚が一役買ってくれなければ、父親のことはわからずじまい。その上自分はその場で鬼塚たちに取り押さえられて、その後どうなるかの保証もない。どんな理由であれ鬼塚に殺意を向けて、殺そうとした。たとえ鬼塚が許しても、舎弟たちまでは許さないだろう。

「お前が怒るのは筋違いだろう。どっちがひどい嘘をついたのか、比べるまでもない。ってか、こういう場合、播磨じゃどうけじめつけるんだよ、幹部さん」

入慧の怒りに満ちた声が、電話を通して幹部に届く。

〝破門や、絶縁や。あいつらはもう関係ない!!　煮るなり焼くなり、勝手にせぇや!!〟

傍まで歩み寄ってきた鬼塚の手に持たれた携帯電話からは、佐竹に向かって絶縁が告げられる。

「――――だってよ」

トカゲのしっぽ切りとはまた違うだろうが、この瞬間から完全に、磐田は播磨組を相手にするのではなく、無法者の佐竹の一派だけを相手にすることになる。

「もう終わりだな、お前」

鬼塚の合図で、この場にいるだけでも三百以上の舎弟や子分たちが、いっせいに動いて、佐竹たちを完全に包囲する。

「佐竹さん、繫がりました。これを」

だが、すでに結果は見えたかというときだった。中から出てきた男が、佐竹にタブレット型コンピューターを手渡した。

「ふっ。そないなこともないな。これを見ろっ!!」

佐竹が突き出した9・7インチの画面には、台北で囚われの身となっている俵藤の姿が映し出されていた。

「俵藤！」

目の前で見せつけられた入慧が、まず声を上げた。それを聞き、鬼塚が駆け寄る。

「――――俵藤さん」

画面の中では両手を手錠で拘束された俵藤が、すでに瀕死の状態に見えた。それにも拘わらず、何人もの男たちに囲まれ、銃やナイフを突きつけられている。

「わかったら舎弟を引っ込めて、武器を捨てや」

勝ち誇ったように佐竹が言うと、通信先ではナイフを持った男が俵藤の腕を笑って刺した。

うめき声一つ上げずにいるも、見ている者には激痛が伝わる。

「鬼塚、お前にはこっちが逃げ切るまで付き合ってもらおうか」

「貴様ら…っ。やはり李家と…」

込み上げる激情を抑えながらも、鬼塚と入慧、そして豊島はビルの中からゾロゾロと出てきた男たちに囲まれた。

数では負けることのない舎弟たちも、鬼塚の動きが止まれば、どうすることもできない。

「いつまで経ってもうだつが上がらねぇヤクザなんか、してられへんからな。せっかくの儲け口は見逃さねぇ。邪魔なお前らを片づければ、一生遊んで暮らせるだけの薬を貰えることになってるんや。こっちじゃもう手に入りにくくなった、魔性の媚薬をな」

しかし、ここで鬼塚を捕らえられれば、磐田会の打撃は大きい。それどころか、確実に鬼塚も俵藤も殺されることになる。

「何を言ってるんだよ。言いなりになったところで、結局は殺るんだろう!!」

それを誰より実感してるのだろう、突然声を上げると豊島が佐竹に飛びかかった。

「なっ!!」

体勢を崩した佐竹に馬乗りになると、用意していたのだろう、本物のサクシニルコリン入りの注射器を佐竹の首に打ちつける。そして、「親父の敵だ」と叫びながら注入した。

体内に打ち込まれたサクシニルコリンが佐竹を即死に追い込む。

「―――ぅ」

「てめぇっ!!」

その瞬間、佐竹の舎弟たちが狂ったように豊島に向けていっせいに発砲した。

「豊島先輩っっっ!!」

しかも、入慧が悲鳴を上げたと同時に、佐竹の手から転がり落ちたコンピューターからもまた、悲痛な声が上がった。

〝俺と李のことは気にするな、鬼塚!! そんな奴らは、殺っちまえ!!〟

豊島が動いた一瞬のうちに何が起こったのかは、わからない。

だが、画面の中では俵藤が敵から奪ったのだろう銃で、自らの胸を打ち抜いていた。

映画でも見ているようなシーンと銃声が、その場で無情に流れる。

「俵藤さん―――っ」

鬼塚が身を裂かれるような思いで声を上げた瞬間、画面からは扉を破るような音がした。

〝ここか―――っ、俵藤さん!!〟

駆けつけたのは松坂と舎弟たち。たった数十秒の差が俵藤の生死を分けた。

「っ…っ俵藤…。豊島先輩…」

ほぼ同時に失った二つの命を前に、入慧の身体が怒りで燃えるように熱くなった。

「テメェら…、ずいぶんいいもの見せてくれたじゃねぇか。覚悟はできてんだろうな!」

鬼塚が激昂を飛ばすと同時に懐から銃を出すと、それを合図に堪えに堪えていた舎弟たちも、いっせいに動いた。

もはや止められる者はいなかった。

俵藤の死は鬼塚に、入慧に、そして磐田会の漢たちに、諸悪の根源すべてを焼き尽くすまで決して消えることのないだろう業火を放ったのだった。

8

鬼塚たちが起こした弔い合戦は、その後騒ぎを聞きつけた警察が駆けつけたことで一幕を閉じた。

豊島が殺されたこと、そして豊島の手により佐竹が殺されていたことだけは隠しようのない事実だったが、こんな場合を想定していたのか、豊島は一連の事情を書き記した遺書を懐に入れていた。

この先何が起こっても鬼塚や入慧、そして磐田会には罪はない。罪はすべてを企て実行した佐竹たちにあり、罰を与えるならばすべて佐竹たちにというもので。その事実関係を播磨組の関東支部幹部自ら「間違いない」と証言したことで、今回ばかりは磐田から逮捕者を出すことはなかった。当然おとがめなしの裏には久岡や佐原、陶山が暗躍したことも確かだが、それでも今回はどうにかこれで収まった。

その後、台北に飛んでいた者がすべて帰国すると、いっとき逃亡していた松坂によって調べられた李家の現状が報告された。

「現在の李の当主は、飛龍の腹違いの弟で影虎《ヤンホウ》。飛龍が実業家として表に出るようになってから一手に裏を仕切るようになったらしいのですが、そこで本国で出回り始めたデッドゾーンに手を出し、荒稼ぎ。飛龍に処罰されそうになったところで、クーデターを起こして当主の座を略奪したそうです。その後は飛龍を筆頭に側近幹部たちを捕らえて、どこかへ幽閉。さすが腹違いとはいえ実の兄に手をかけることは躊躇われたようなんですが、それ以外はやりたい放題のようです」

こんなときだが、唯一鬼塚をホッとさせたのは、デッドゾーンの製造元が李家ではないと判明したことだった。

中国本土から持ってきたということに警戒は残るが、それでも当面の敵は李家だ。ここに莫大な隠し財産や薬がないとわかっただけで、今後の対応が楽になる。

「――――で、わざわざ日本の土地を買い叩き、その上所場代まで横取りしようってか」

しかし、鬼塚がカジノホテルの買収と共に李家への警告を発し、俵藤までもが死んだことで、この争いは本格的に表面化する。

今後はどんな展開を見せるのか、それはこれから知るところだ。

「はい。ただ、これには理由があります。影虎のほうは飛龍ほどの商才がないようで、本国で展開している事業だけでは、これまでのようには利益が上げられない。かといって、株主の中には離れてほしくない有力者が多数ですから、繋ぎ止めておくためにも、どこかで穴埋めはしたい。できることなら自分のほうが経営者としても飛龍より上だと評価されたいわけですから、肩に力も入ったんでしょうね」

今後に先立ち、新たに幹部の席には松坂が加わった。

これには誰も反対する者はいなかった。そうでなければ、親とも兄とも慕った俵藤を亡くした松坂の気持ちが晴れることはない。何より、今回の台北でのこの男の働きは大きい。

「――ただし、そんな状態で総長から経済制裁の警告を受けたわけですから、向こうもすったもんだかと思います。カジノホテルの買収だけなら李家の問題ですむ。ですが、中国政府御用達の海洋石油化学の株まで動かされたとなったら、さすがに背後にいるだろう黒幕からもきついお叱りが来るはずですからね」

松坂は、日本に持ち帰った俵藤の遺体に復讐を誓っていた。

そして鬼塚や入慧をはじめとする磐田会の者たちもまた、その思いは同じだった。

「領土侵犯に御法度の薬の横流し。そうまでしなきゃ稼ぎをフォローできないってところで、兄の足元にも及ばないってわかんねぇのかな」

一通り話がすむと、鬼塚が決意も新たに言い放つ。

「なんにしても、こっちは大きな代償をすでに払ってるんだ。影虎にはそれなりのもんを返してもらう。そして李飛龍を見つけ出して救出、李家を元の状態に戻す。俺はカジノホテルの経営なんかするつもりはないからな――飛龍には、復帰してもらわないと」

打倒影虎。従来の李家の再建。

「これからますます忙しくなるな。構ってもらえなくてごねるなよ」

佐原は松坂と共に幹部会に席を置けるようになった入慧に向けて言い放つと、「お前もな」と返されて、噴き出した。

「一緒にするな。俺は別に」

「朱鷺！　こいつ欲求不満だって。少し力入れて構っといて。俺にまとわりつく余力も残さないぐらいに、頼んだよ！」

それどころか、幹部全員の前でこの言いよう。名指しにされた朱鷺にしてみればいい迷惑だが、鬼塚からすれば、佐原の悪影響を受けたとしか思えない言動だった。

「い、入慧っ！」

「そうでないと、今後は俺がこき使うぞ」

だが、入慧は入慧で思うところがあったらしい。ここでもニヤリと笑うと、顔を引き攣らせて席を立った佐原に言いきった。

「っ⁉」

「姐には姐の縦社会。新たに一から築いていくには、俺にも使える側近は必要だからな」

やはり、家で大人しくしている気はなさそうだ。しかも、今後は佐原を側近宣言だ。

「おいおい」

これには鬼塚や朱鷺たちの顔が本気で引き攣った。

この二人に関しては、いがみ合ってくれているぐらいのほうが、まだ平和そうだ。

入慧と佐原が作るだろう姐の社会など、チャイニーズマフィアより物騒だ。そう思っても間違いがないと感じているのは、勘違いな拍手をしている夏彦以外の全員だ。

出所して間もない松坂でさえ、本能からか〝この男姐たちにはかかわりたくない〟と顔を背けたぐらいだ。

「お嬢、ほどほどにしろよ」

それでも今回の一連の事件をきっかけに、入慧は一回りも二回りも成長したように見えた。

守られるだけの立場から、守る側へ。

そしてお嬢から姐へ――は、まだまだ先のことになりそうだが、鬼塚の手の中で確実に変化を見せていたことは確かだった。

＊＊＊

入慧が〝鬼塚のものだとわかる印〟を鬼塚本人に初めて見せたのは、奇しくも豊島と俵藤を見送った夜のことだった。

『これは慰めじゃない。俵藤の敵を討つ。弔いと誓いだ――』

すでに始まっている抗争、今後はそれがいっそう激しくなるであろう確信。

言葉にならない様々な思いを抱えていたこともあり、入慧と鬼塚はこれまでにないほど熱くなった。

「ぁっ…っ、もっと。もっと、奥まで…鬼塚」

高揚し、欲情する肉体を隅々まで絡ませ合う。

「これ以上は壊れるぞ」

「構わない。壊れても構わないから、もっと…っ…ん――――！」

まるで獣の交尾のようだった。

しかし裸体と裸体、絹一枚の邪魔もない肌と肌の触れ合いが、今の二人には至福だった。

このときばかりは互いのことしかわからない。考えない。

入慧と鬼塚にあるのは肉欲と快感、そして極上な愛だけだ。

「いっときとはいえ怖かったんだ、自分のほうが、心臓が潰れて死ぬかと思った。すぐに注射の中身がサクシニルコリンじゃないって気づいたけど、それでも鬼塚が起き上がってくるまでの数分間が俺には、恐怖に満ちた時間だった」

そうして、何度となく互いを絶頂に導き合ったあと、入慧は鬼塚の腕に抱かれながら、恐怖に震えた時間があったことを初めて打ち明けた。

「もしもお前が豊島先輩に殺されていたら、俺は――俺は」

あまりに多くのことが立て続いたためか、葬儀に出てさえ、涙が零れなかった。

だが、今は心からホッとしたのか、ようやく零れた。

入慧の流した涙が鬼塚を更に熱くする。

「今更、素人に殺されるようなへまはしねぇよ。お前の中で、絞め殺されるなら本望だけどな」

鬼塚は、自分の肩に顔を埋めた入慧をそっと抱き締めてきた。

「鬼は俺、そして紫の菖蒲は菫姐さんの後釜って意味か？」

ちょうど視線の先に印を見たのか、鮮やかに彫り上がった絵柄の意味を問う。

すると、入慧は照れくさそうな顔を上げた。

「これは関藤枝の息子にして磐田菫の跡を継ぐ者、入慧っていう意味だって。入慧の慧は英知を意味する。そして英知の花言葉を持つ花はバラと菖蒲。だから、藤と菫の二色で描かれた菖蒲が俺ってことらしい」

自身に刻まれた印の意味を一つ一つ、鬼塚に話して聞かせた。

「でも、クルミもあるなって、真顔で言われて、それだけはやめてくれって悲鳴を上げたよ。あの人、クールなのに愉快すぎ」

今なら笑って話せる一慶とのやりとりも聞かせた。

「ま、芸術家は変わりもんが多いからな」

入慧は、この胸の刺青が、鬼塚の痛みにならないことだけを祈っていた。

これは入慧にとっては傷ではない、すでに鬼塚への愛の証だ。磐田の姐としての誇りだ。

「鬼塚の父さんの弟子だったんだろう？　人間国宝になってもおかしくないっていう彫り師だった、鬼塚一慶の」

「押しかけ女房ならぬ、押しかけ弟子だったけどな」

入慧の思いが通じたのだろうか、鬼塚は抱き締める腕に力を入れると、描かれた印にキスをした。丹念に、丁寧に愛撫し、そのまま身を重ねてきた。

「――――っ、鬼塚」

もう、何度も絶頂を味わったというのに、鬼塚はまた入慧の中へ入ってきた。

深々と身を沈め、入慧の中を突き上げるようにして、腰を揺すった。

「…っ、背中に…、観世音菩薩…っ」

力いっぱい抱き締めていると、その肩越しにぼんやりとだが、鬼塚の刺青が見えた。

「きっとこれはもう、お前以外は誰も見ないな」

鬼塚がこんなことを言ったのにはわけがあった。

それは、過去に愛した女を重ねていたのか、俵藤はこの観世音菩薩が好きだった。

そのために、わざと鬼塚を怒らせてまで、これを浮き上がらせた。そんな、もう二度とないだろうエピソードがあったからだ。

「本当？」

「お前以上に、俺を熱くする奴はいないからな」

だが、入慧はそのことには一切触れなかった。

今一度鬼塚の身体を抱くと、深く口付けながら絶頂へと互いを誘った。

「嬉しい。好きだよ、鬼塚。愛してる」

そうして今夜は入慧からも鬼塚を愛した。

どれほど自分が愛しているのか、また求めているのかを伝えるために、言葉だけではなくその瑞々しい肉体を激しく絡めていった。

「俺はお前のものだから。けど、お前も俺のものだから」

入慧が幼い頃から惹かれ、いつしかかけがえのない者となり、そうとは知らずに命をかけて惚れた漢は鬼だった。

それも入慧のためだけに苦汁を飲み、あえて争うことを避け続けてきた鬼、極道の中でじっと息を潜め続けてきた鬼神だ。

「一生…、ううん。未来永劫、来世まで。俺はお前だけのもので、お前は俺だけのものだから」

しかし、それも今となっては過去の話。

これから業火に身を投げる鬼塚の背を押す者はあっても、引き留める者はない。

「だから、もう置いていくな。いつも一緒にいろ。たとえ地獄の果てでもついていく。俺は鬼塚だけに、ついていくから――」

入慧は、それがわかっているからこそ、今夜はいっそう強く鬼塚を抱き締めた。

「ああ。わかった」

鬼塚からも抱き締め返してもらい、今後は何が起ころうとも離れないことを誓い合った。

「鬼塚。約束だ。絶対に約束だからな」

それはどこか幼い頃に交わした約束にも似ていたが、そうでないことは朝まで分かち合った快感が示していた。

入慧の胸に刻まれた印、覚悟が表していた。

おしまい♡

あとがき

こんにちは。よもやのうちに「極」シリーズも三冊目となりました。これも手にしてくださった皆様のおかげです。藤井《ふじい》先生や担当さん、校正さんやデザイナーさんをはじめとする、携わってくださったすべての方のおかげです。ありがとうございます。本当に感謝でいっぱいです!!

ただ、今回は諸事情もありまして、ここから手にした方には少々不親切な内容&展開です。私もまさか三冊目、しかも四冊目まであるかもしれない（まだ未定）状況に置かれるとは思っていなかったので、前二冊はノリだけで書きました。が、さすがに三冊目ともなるとまったく前を無視して書くわけにもいかず…。場合によっては次を意識して書いたがために、こんな仕上がりです。すみませんっっっ。今回ばかりはフォロー用の同人誌やシリーズのご案内を作ってますので、よかったらHPでチェックしてみてください!!　なんにしても今回は懐かしいメンバーも書けて嬉しかったです。嫁たちが強いんで、いずれの攻め様たちにも「ごめん」って感じなんですけどね（汗）。まあ、ここは泣いてくれ、鬼塚《おにづか》!!　ということで、

次も（別作もよろしくです）またお会いできることを祈りつつ。

http://www.h2.dion.ne.jp/~yuki-h/　日向唯稀《ひゅうがゆき》♡

CROSSNOVELS好評配信中！

携帯電話でもクロスノベルスが読める。電子書籍好評配信中!!
いつでもどこでも、気軽にお楽しみください♪

QRコードで簡単アクセス！

艶帝 - キングオブマネーの憂鬱 -

日向唯稀

借金は身体で返す、
これがBLの王道だろ？

友人がヤクザからした借金を帳消しにしてもらう為、事務所を訪れた小鹿が間違えて直撃した相手は、極道も泣き伏す闇金融の頭取・鬼龍院!?　慌てる小鹿に、鬼龍院は一夜の契約を持ちかけてきた。一晩抱かれれば三千万──断る術のない小鹿は、鬼龍院に求められるまま抱かれる様子をカメラで撮られることに。経験のない無垢な身体を弄られ、男を悦ばせる為の奉仕を強要される小鹿。激しく貪られ啼かされながらも、なぜか小鹿は、鬼龍院を嫌いになれなくて。

illust **藤井咲耶**

Heart - 白衣の選択 - 【特別版】

日向唯稀

生きてる限り、俺を拘束しろ

小児科医の藤丸は、亡き恋人の心臓を奪った男をずっと捜していた。ようやく辿り着いたのは極道・龍禅寺の屋敷。捕らわれた藤丸に、龍禅寺は「心臓は俺のものだ」と冷酷に言い放つ。胸元に走る古い傷痕に驚愕し、男を罵倒した藤丸は凌辱されてしまう。違法な臓器移植に反発する藤丸だが、最愛の甥が倒れ、移植しか助かる術がないとわかった時、龍禅寺にある取引を持ちかけることに。甥の命と引き換えに、己の身体を差し出す──それが奴隷契約の始まりだった。

illust **水貴はすの**

Love Hazard - 白衣の哀願 -

日向唯稀

奈落の底まで乱れ堕ちろ

恋人を亡くして五年。外科医兼トリアージ講師として東都医大で働くことになった上杉薫は、偶然出会った極道・武田玄次に一目惚れをされ、夜の街で熱烈に口説かれた。年下は好みじゃないと反発するも、強引な口づけと荒々しい愛撫に堕ちてしまいそうになる上杉。そんな矢先、武田は他組の者との乱闘で重傷を負ってしまう。そして、助けてくれた上杉が医師と知るや態度を急変させた。過去に父親である先代組長を見殺しにされた武田は、大の医師嫌いで……!?

illust **水貴はすの**

CROSS NOVELSをお買い上げいただき
ありがとうございます。
この本を読んだご意見・ご感想をお寄せください。
〒110-8625
東京都台東区東上野2-8-7　笠倉出版社
CROSS NOVELS 編集部
「日向唯稀先生」係／「藤井咲耶先生」係

CROSS NOVELS

極・嬢

著者
日向唯稀

2011年9月23日　初版発行　検印廃止

発行者　笠倉嗣仁
発行所　株式会社　笠倉出版社
〒110-8625　東京都台東区東上野2-8-7　笠倉ビル
[営業]TEL　03-3847-1155
FAX　03-3847-1154
[編集]TEL　03-5828-1234
FAX　03-5828-8666
http://www.kasakura.co.jp/
振替口座　00130-9-75686
印刷　株式会社　光邦
装丁　團夢見(imagejack)
ISBN　978-4-7730-8571-6
Printed in Japan